Gunter Preuß

Aus der eigenen Haut

Gunter Preuß

Aus der eigenen Haut

Erzählungen

Middelhauve

Fragt mich nicht
denn heute bin ich
der und morgen der
doch immer derselbe
Wie soll ich wissen
was mich bewegt
wenn ich nicht stehen kann
über mir und den Dingen
In der eigenen Haut
bin ich ein Fremder
gehe ein und aus
ohne dass mir warm wird
Kann nicht finden
was ich zu suchen auszog
als Kind schon
aus einem Spiel heraus
das mich nicht loslässt

Gunter Preuß

Inhalt

An einem Tag

Der Junge und der Mann saßen auf dem Bootssteg. Das Holz war schwammig und kalt. Das Schilf hinter ihnen verdeckte noch die Sonne. Der Morgen war wie helles Glas und in der Ferne flossen See und Himmel durchsichtig weiß zusammen.
Der Junge legte die Angelrute auf dem Steg ab und rieb sich die nackten Oberschenkel. Er war schmal; seine Haut war gerötet von der Sonne. Sein strähniges, dünnes Haar fiel ihm ins Gesicht, er strich es mit gespreizten Fingern immer wieder nach hinten.
„Wird es noch lange dauern, bis die Sonne da ist?“, fragte er.
Der Mann saß auf der Längsseite des Bootssteges. Er hatte nur eine Badehose an und er spürte die kribbelnde Kälte auf der Haut. Er nahm einen Tauwurm aus der Büchse, hakte ihn zweimal auf. Knapp hinter dem Schilfrand warf er den Köder aus.
„Du hättest dir etwas drüberziehen sollen“, sagte er. „Entweder du frierst oder du schwitzt. Immer ist etwas.“
Der Junge zog die Knie unter das Kinn und umschlang mit seinen dünnen Armen die Beine. Er blickte auf die westliche Seite des Sees, die zunehmend rötlicher erglänzte. Die Sonne, dachte der

Junge, bald ist die Sonne da. Er wünschte sich die Sonne her und die Stimme seiner Mutter von dort, hinter dem Schilf, die zum Essen rief. Aus Angeln machte er sich nichts – sitzen, warten, auf den Schwimmer starren, sitzen, warten ... Doch das war nicht das Schlimmste. Viel schlimmer war, wenn einer gebissen hatte und dann zuckend im Netz oder auf dem Steg lag. Nur einmal hatte er einen berührt, einen Barsch; diese schlierige Fischhaut, wie mit Speichel überzogen. Genauso ekelte und ängstigte er sich davor, wenn sein Vater den gefangenen Fisch auf den Steg presste, den Griff des Messers auf den Fischschädel schlug, dann die Klinge kurz hinter dem Kopf ins Rückgrat stieß. In den Fischläden der Stadt, wo er den gleichen Vorgang oft beobachtet hatte, war er immer empfindungslos geblieben; da war die Ladentafel dazwischen gewesen und die Menschen und ihre Stimmen im Raum. Doch hier, in der Weite und Stille des Sees, war alles unmittelbar, nichts, was ihn ablenkte, was ihm half, alles war greifbar nah.

Der Junge fand sich verloren hier draußen, und manchmal hatte er das Gefühl, sich suchen zu müssen. Das einzig Schöne am Angeln war für ihn, den Biss des Fisches zu spüren, das Absurren der Schnur von der Spule, und dann, wenn es ein großer war, der Kampf: das Laufenlassen, das Einholen – die Kraft des Fisches übertragen durch Schnur und

Rute zu wissen. Das alles löste ein kurzes Glücksgefühl in ihm aus, in dem er seine eigene Kraft ahnte. Aber das war nur so lange, bis der Fisch auftauchte und ihm näher, immer näher kam.

„Siehst du, da drüben", sagte der Junge. „Das Wasser ist so rot – so rot wie Fischblut."

„Was du nur hast", sagte der Mann, „was du nur hast. Gut, es sieht rot aus, ganz einfach rot – von mir aus wie rote Tinte – oder rotes Glanzpapier; ja, wie rotes Glanzpapier …"

„Es sieht aus wie Fischblut", beharrte der Junge. Er glaubte jetzt den Geruch der Fische zu atmen, verschluckte sich und atmete hastig.

Der Mann blickte unwillig auf seinen Sohn, der noch immer zusammengekauert saß. Er macht sich nichts aus Angeln, dachte er. Der Junge ist einfach ohne alle Leidenschaft.

„Du hättest dir etwas drüberziehen sollen", sagte der Mann. „Pullover und lange Hosen hättest du anziehen sollen."

Für Sekunden kam Wind auf und kreiselte über das Wasser. Kieferngeruch wehte vorbei. Der Mann warf eine zweite Angel aus. Leise schimpfte er auf eines der Blesshühner, das sich dem Schwimmer näherte. Dann stand er auf und sah sich dunkel im Wasser. Er trat hinter den Jungen und prüfte den Stand des Schwimmers.

„Ich bin gleich wieder da", sagte er. „Ich hab meine

Pfeife vergessen. Und dir bringe ich lange Hosen und noch etwas zum Drüberziehen mit."
Der Junge wandte sich schnell um und sagte: „Lass mich gehen ..."
„Nein, nein. Ich gehe."
Der Junge drehte sich wieder zum See. Er rieb die nackten, kalten Zehen aneinander.
„Und wenn einer beißt?!"
„Was soll sein, dann beißt er, und alles andere weißt du!"
Der Junge rieb die Zehen aneinander, dass sie rot wurden. Das Gefühl der Kälte blieb.
Die Füße des Mannes überquerten die Planken und einmal hörte sie der Junge noch auf dem alten Blech hinter dem Schilf.
Als der Mann weg war, hasste der Junge ihn. Er drückte seine geballten Hände so gegeneinander, dass es bis in die Handgelenke schmerzte. Der Schmerz beruhigte ihn, und er konnte wieder die Sonne beobachten, die auf dem Wasser immer näher kam. Als er einer niedergehenden Möwe nachsah und sein Blick auf das Wasser traf, konnte er den Schwimmer seiner Angel nicht mehr finden. Automatisch griff er nach der Rute. Der Glasfiberstab federte, auf Widerstand stoßend. Der Junge stützte sich hoch, die Rute fest an sich pressend, und holte ein. Es konnte kein großer Fisch sein. Der Junge fühlte die Bewegungen des Fisches, eine Er-

regung durchzitterte ihn, während er alles um sich vergaß. Wie er so dem Fisch nah war, kam er sich groß und älter vor – in diesem Augenblick vermisste er den Vater nicht.

Da war der Moment, wo die Oberfläche des Wassers aufbrach, der Druck des Wassers weg war und der Fisch von der Schnur gehalten in der Luft hing. Er war nicht so groß, dass der Junge ihn keschern musste. Er spulte die Schnur mit zittrigen Handbewegungen auf und legte die Rute auf dem Holz ab.

Der Fisch! Ein Aal!, dachte der Junge. Ein Aal! Ausgerechnet ein Aal; dieser lange, schlangenhafte Fisch, der dort so unwirklich und fremd, aber doch nah, sehr nah, sich auf den Planken krümmte. Wo er sich bewegte, färbte sich das Holz schleimigdunkel.

Der Junge kniete einen Meter entfernt. Er sah mit schiefem Mund und seitlich abgewandtem Gesicht auf den Fisch. Die Sonne brach jetzt durch die Schilfspitzen und ließ alles noch heller und deutlicher werden.

Wo ist Vater, dachte der Junge. Er war allein, allein mit dem Fisch. Um ihn war es ruhig, so böse ruhig, und der Wind war irgendwo hinter dem Schilf, die Sonne war da, so grell, so grell – und ihm fehlte der Schrei des Blesshuhns oder der Wind, ihm fehlte der Vater. Er wollte gleich zurück sein, gleich wieder zurück sein ... Er war allein. Er erhob sich und ging, das Holz abtastend, an den Fisch heran. Ihm fehlte der Wind, das Blesshuhn schrie nicht, der Vater war nicht da – der Junge zog das Messer aus der ledernen Scheide. Wenn er das Messer bewegte, schnellte ein heller Strich über das Holz, über das Schilf. Ich bin allein, dachte er, ich bin ganz allein. Das Blesshuhn schrie nicht; der Vater war nicht da … Dort krümmte sich der Fisch. Er war allein mit dem Fisch, den er töten musste.

Schnell griff der Junge zu. Seine Hand umkrampfte den Fischleib, und je fester er zugriff, desto weniger verspürte er die schleimige Haut. Kurz hinter den Kopf stieß der Junge, Fleisch und Rückgrat fühlend, die Klinge.

Als der Junge die Augen öffnete, tiefrot im Gesicht und schweißnass, zog er mit ruhiger Hand die Klinge aus dem Fisch. Er hörte den Tritt seines Vaters auf dem Blech. Die Füße fest aufsetzend, ging er ihm langsam entgegen.

Der Zauberstein

Die See hatte die Buntheit und Freundlichkeit des Sommers verloren. Sie war wie ein ungeheures Tier, das mit den Stürmen ihr wildes Spiel trieb. Die Sonne schien für immer erloschen. Öde und nass war der Strand.

Der Mann stand klein vor den herantosenden Wellen. Sein Gesicht war fast verdeckt von einem dichten schwarzen Bart und von dem hochgeschlagenen Kragen seiner Felljoppe.

Der Mann warf beide Arme empor und rief: „Das Meer! Welche Kraft! Welche ungezügelte Lebendigkeit!“

Die Frau stand zwei Meter von dem Mann entfernt. Sie hatte die Schultern hochgezogen, die Hände tief in die Taschen ihres langen Pelzmantels gesteckt. Trotz der wärmenden Pelzmütze war ihr Gesicht grau vor Kälte.

Die Frau sagte leise: „Warum das Theater. Du stehst nicht auf deiner Bühne.“

Unter dem Tosen des Sturmes konnte der Mann unmöglich die Worte der Frau gehört haben. Aber er schwieg plötzlich, als hätte er verstanden. Seine Arme fielen schlaff herab.

Er und die Frau sahen auf das Kind, das hinter ihnen im Sand kniete und in kurzen Abständen

Freudenschreie ausstieß. Jedes Mal wurden die Augen des Jungen groß und strahlten, wenn er in der ausgestreckten Hand einen vom Meer glatt geschliffenen Stein, eine Muschel oder einen seltsam geformten Ast hielt. Die Taschen seiner Hose und die Jacke beulten sich von den Schätzen des Meeres, die es dem Kind im Überfluss anbot.

„Mama! Papa!", rief der Junge mit vor Erregung heiserer Stimme. „Was ich jetzt gefunden habe! Bestimmt ist ein Zauberstein dabei!"

Oft kam der Junge mit einem bunten Stein zu den Eltern gerannt: „Ist es der Zauberstein?" Das Kopfschütteln der Eltern brachte nur kurze Enttäuschung für ihn. Der Strand war ja voller Steine. Seine Hoffnung war groß. Eine Woche war vergangen, seit der Mann, die Frau und das Kind hier angereist waren. Eine Woche blieb ihnen noch, bevor sie in die Stadt zurückmussten. Sie liefen Tag für Tag den Strand entlang. Nur zu den Mahlzeiten und zur Nacht gingen sie in das kleine Hotel.

Der Junge wachte nachts oft auf. Manchmal weckte ihn der ungewohnte raue Gesang der See, ein anderes Mal erschreckten ihn die leisen Stimmen der Eltern, die gegeneinander stießen, scharf und spitz wie Messer, darauf aus, einander zu verletzen. Der Junge verstand nicht, worüber sie sprachen, er spürte nur Schmerz. Aber er wagte nicht, es den Eltern zu sagen.

Der Junge hatte keines der Märchen vergessen, er hatte immer mit dem Guten gegen das Böse gekämpft. Noch nie hatte er eine Niederlage erleben müssen. Nun vertraute er auf den Zauberstein aus seinem Lieblingsmärchen, der dem Finder jeden Wunsch erfüllen konnte. Ihn musste er finden!
Der Junge konnte die Steine schon lange nicht mehr zählen, die er in den Händen gehalten und denen er seinen einzigen Wunsch vorgetragen hatte: „Lass dich bitten, lieber Stein, erfülle mir mein Wünschelein: Gib den Eltern ihr Lachen zurück."
Aber kein Stein erfüllte ihm seinen Wunsch. Unruhe breitete sich wie ein Fieber in dem Jungen aus. Auf den Spaziergängen vergrößerte sich der Abstand zwischen den Eltern. Einmal war der Junge beim Vater geblieben, und er musste rennen, bis er außer Atem war, ehe er die Mutter erreichte.
Und nachts lagen die Stimmen der Eltern im Krieg gegeneinander.
Dann dachte der Junge: Ich muss den Stein finden!
In einer Nacht hatte ein besonders wütender Sturm das Meer ans Ufer geworfen. Am Morgen flogen die Wolken wie Schwärme großer Vögel vom Meer her ins Land. Der Strand war bedeckt mit bunten Schätzen. Doch der Junge war ohne Hoffnung. Bevor sie hinausgingen, hatte die Mutter gesagt, dass der Vater und sie mit ihm reden müssten. Es wäre etwas passiert zwischen ihr und dem Vater.

Und der Vater hatte gesagt: „Du bist doch fast ein Mann. Du wirst das schon verstehen.“
Der Junge lief neben Vater und Mutter. Die Eltern schwiegen. Nur manchmal sahen sie sich an, vorwurfsvoll, fremd, fast böse.
„Es ist ...“, begann der Vater.
„Du musst verstehen ...“, sagte die Mutter.
Da rief der Junge: „Der Zauberstein.“ Er rannte von den Eltern weg auf etwas leuchtend Weißes zu. Als er nahe genug heran war, bewegte es sich, als wäre es lebendig. Enttäuscht blieb der Junge stehen.
„Eine Möwe“, hörte er den Vater sagen, und die Mutter: „Das arme Ding – einen Flügel hat sie sich gebrochen.“
Sie standen betroffen vor dem Vogel; es war, als könnten sie nicht glauben, dass es so etwas gibt. Eine Möwe gehört in die Luft, wo sie im kühnen Flug Figuren in den Himmel malt. „Sie bewegt sich“, sagte die Mutter. „Sieh – sie quält sich ...“ Der Vater bückte sich, hob einen schweren Stein auf. Die Mutter wandte sich schnell ab.
„Nein!“, rief der Junge. „Nein!“
Der Mann und die Frau zuckten zusammen. Der Stein fiel aus der Hand des Mannes.
Der Junge zog seine Jacke aus, barg die Möwe vorsichtig darin und trug sie in das Zimmer des Hotels. Der Mann und die Frau folgten ihm. Einmal drehte

sich der Junge nach ihnen um, und er sah sie nebeneinander laufen, fast so nahe wie früher.
Von nun an suchte der Junge nicht mehr nach dem Zauberstein. Er blieb im Zimmer und lag auf dem Fußboden neben der Möwe, die er in sein Kopfkissen gebettet hatte. Er fütterte den Vogel, reinigte ihm das Gefieder und sprach mit zärtlicher Stimme zu ihm. Er erzählte ihm alle Märchen, die er kannte, und er sang ihm Lieder vom Meer und dem Wind.
Manchmal saßen der Mann und die Frau stumm dabei, sie fanden kein Wort zu alledem, sie waren hilflos und zugleich glücklich, es war ein Geheimnis, in das sie vertrauensvoll eingeweiht worden waren.
„Du bringst uns Glück", sagte der Junge leise zu der Möwe. „Gib zu, du bist der Zauberstein. Hast dich in eine Möwe verwandelt."
„Krrjäh – gijäh", antwortete die Möwe. „Ja, ich bin der Zauberstein."
An ihrem letzten Urlaubsmorgen gingen sie zum Strand. Der Junge trug die Möwe in den Armen. Die See lag ruhig wie eine unendlich große Scheibe grünen Glases. Es war kalt. Der Sand des Ufers war mit einer feinen Eisschicht bedeckt, die klirrend unter den Füßen zerbrach.
Sie stiegen auf das Steilufer, vor ihnen lag das Meer, freundlich gefärbt von der aufflammenden Sonne.

„Lass sie fliegen“, sagte der Vater. „Du wirst sehen, sie kann fliegen.“
Der Vater nickte der Mutter auffordernd zu, es zu bestätigen.
„Wir – du kannst das Tier nicht mitnehmen“, sagte die Mutter. „Es geht nicht.“
Der Junge fühlte, wie die Möwe sich an ihn drückte. Er schloss die Augen und hielt sie den Eltern hin. Die Frau und der Mann wandten sich ab.
Der Junge warf den Vogel in die Luft. Er hörte klatschenden Flügelschlag und einen schrillen Schrei: „Krrjäh – gijä gijä!“
„Sieh nur!“, riefen der Mann und die Frau. „Sie fliegt! Sie fliegt!“ Der Junge öffnete die Augen. Die Möwe flog. Dann stürzte sie wie ein weißer Stein ins Meer.

Segelohr

Wir waren auf der Flucht gewesen. Nun hatten wir nach L. zurückgefunden. Aber ich erinnerte mich nicht. Die Stadt war voller Ruinen. Bald darauf fand uns der Vater. Er war aus einem Gefangenenlager geflohen. Die Angst flackerte noch in seinen Augen.
Meine Eltern zogen oft um. Sie suchten eine billige und trockene Wohnung. Meine Mutter sagte: „Ein Heim für immer brauchen wir.“ Damit meinte sie wohl eine „feste Burg“, in die kein Krieg eindringen kann und von der wir in den Kirchen gesungen hatten. Viele Menschen suchten so ein Zuhause.
Ich musste Abschied nehmen von der Umgebung, an die ich mich gerade zu gewöhnen begann; mir war zum Heulen und Davonlaufen.
Wieder stand ich in einem fremden Klassenzimmer. Fast fünfzig Jungengesichter sahen mich an: *Was will der bei uns? Den wollen wir nicht!*
Ich setzte mich in die mir vom Lehrer zugewiesene Bank. Mich fror, und ich spannte die Muskeln an, um nicht zu zittern. Wenn ich jetzt Schwäche zeigte, gar in Tränen ausbrach, bekäme ich in der Pause Spitznamen zu hören wie „Waschweib“ oder „Muttersöhnchen“.
In der Hofpause schlossen die Jungen mich in einen

Kreis ein. Einer von ihnen, der Stärkste, trat zu mir. Nun musste ich mich mit ihm schlagen. Besiegte er mich, würde einer nach dem andern versuchen, mich unterzukriegen. Gewann ich nicht bald eine Auseinandersetzung, würde ich zu denen gehören, die von den Stärksten herumkommandiert wurden und stets zu Diensten sein mussten.

Meine Mutter hatte endlich eine Wohnung gefunden, von der sie annahm, dass sie uns in Sicherheit leben ließ. Sie befand sich im Erdgeschoss, hatte zwei kleine Zimmer und eine Küche, ein Ofen war heizbar, die Toilette befand sich im Hinterhof. In der Klasse hatte ich mir einen der vorderen Plätze in der Rangordnung gesichert. Ich gehörte einer Bande an, die sich „Sioux" nannte. Wir versammelten uns in einem Ruinenkeller, schlugen uns mit anderen Banden herum und stahlen alles, was essbar war. Mit Steinen und zusammengeschnürten Lumpenbündeln spielten wir auf den Straßen Fußball. Unser höchstes Ziel war ein Lederball, für den wir alles herzugeben bereit waren, sogar unser Frühstücksbrot.

Zum ersten Mal fühlte ich mich sicher aufgehoben in einer großen und starken Gemeinschaft. Ich bekam eine Ahnung, was die Erwachsenen mit dem geflüsterten Wort „Glück" meinen könnten.

Da stand eines Morgens dieser fremde Junge an der Tür des Klassenzimmers. Er war nicht klein, aber

untererernährt. Seine Haltung war die eines alten Mannes, dem Schmerzen den Rücken krümmen und der sich auf einen Stock stützen muss. Der Neue duckte sich unter unseren Blicken, seine Füße drehten sich nach innen und außen, als wollten sie durch die Dielen einen Fluchtweg bohren. Am hervorstechendsten aber waren seine Ohren. Sie standen fast rechtwinklig und in geradezu unverschämter Größe von dem viel zu klein erscheinenden Kopf ab. Der Klassenschwächste rief sofort: „Segelohr!“
Wir lachten. Selbst der Lehrer lächelte. Dann sagte er streng: „Name?“ Und: „Setz dich dorthin. Du redest, wenn du gefragt wirst. Wer schwatzt, den stelle ich mit dem Gesicht zur Wand, bis er schwarz wird.“
Der einzige freie Platz war in meiner Bank. Mein Nachbar war vor ein paar Tagen an Diphtherie gestorben. Ich wandte mich sogleich von Segelohr ab. Ein paar Jungen, die mich in ihren Spott einbeziehen wollten, drohte ich mit der Faust.
In den folgenden Tagen zwang ich Schwächere, mit mir den Platz zu tauschen. Aber der Lehrer bestand darauf, dass sich im Klassenzimmer nichts veränderte.
Ich sprach kein Wort mit Segelohr und verhielt mich, als gäbe es ihn nicht. Aber der Junge suchte meine Nähe. Er steckte Geschenke in meinen Ranzen: ein

halber Apfel, eine Fettschnitte und nach Festtagen Kuchenränder.
Wenn die Jungen zu Hause und in der Schule Ärger hatten, beschimpften sie Segelohr. Sie stießen und schlugen ihn. Der Klassenstärkste meinte, Segelohr sei ein Weib und wir müssten einen Mann aus ihm machen. In den Pausen, wenn der Lehrer nicht im Klassenzimmer war, musste Segelohr Kniebeugen und Liegestütze drücken. Der Junge mühte sich, aber seine schwachen Arme und Beine knickten bald unter ihm weg. Einmal wurde er ohnmächtig. Die Klasse hatte ihn mit Pfiffen und Schreien angetrieben. Wir dachten, er sei tot, und nach ein paar Augenblicken der Erstarrung rannten wir weg.
Seitdem gingen wir dem Jungen aus dem Weg, als hätte er eine ansteckende Krankheit. Näherte er sich uns, stießen wir ihn zurück und liefen mit Geschrei davon. Der Junge steckte weiter Geschenke in meinen Ranzen: zwei angekaute Bleistifte, ein Stück Fahrradschlauch zum Herstellen einer Schleuder, eine Patronenhülse und Vogelfedern, die ich in meinen Indianerstutz stecken konnte.
Ich hatte Mitleid mit Segelohr, doch ich wehrte mich dagegen. Verband ich mich mit einem Schwächling, würde ich selbst bald zu den Schwachen gehören. So hatte es mir Vater gesagt. Als Vater aus dem Krieg zurückkam, hatte er mir befohlen, mich von keinem unterkriegen zu lassen.

Nie wolle er davon hören. Der Frieden sei sowieso nur Gerede. Es sei immer so, dass der Starke den Schwachen besiegt. Er hatte mir Griffe und Schläge beigebracht, mit denen ich mir meine Gegner vom Leib hielt.

Auch nach dem Unterricht fiel es mir schwer, Segelohr abzuschütteln. Er lief hinter mir her wie ein Hund, der einen Herrn sucht. Betrat ich nach Erledigung der Schulaufgaben und der mir von der Mutter aufgetragenen Hausarbeit die Straße, wartet der Junge auf mich. Ich rannte weg, balancierte in den Ruinen auf Eisenträgern und Holzbalken über Abgründe, kroch durch eingestürzte Keller, bis ich sicher war, dass Segelohr mir nicht zum Versteck der Sioux folgte. Während des Unterrichts steckte er mir Zettel zu; darauf stand, dass er sich jeder Mutprobe unterziehen würde, um zu den Sioux zu gehoren.

Bei einer dieser Verfolgungen – diesmal hatte Segelohr mich fast erreicht – brach in dem Ruinengelände der Boden unter unseren Füßen ein. Wir rutschten in einen Abgrund.

Endlich hörte ich seine Stimme, aufgeregt, aber ohne Angst.

„Jetzt bin ich ganz in deiner Nähe. Anders als auf der Schulbank, wo alle um uns herumsitzen. Ich könnte dich berühren, wenn diese Steine nicht wären. Ich war schon einmal verschüttet. Komisch:

jeder ist allein, und doch sind alle sich nahe. Bitte, sage doch etwas. Nur ein Wort. Dass du da bist. Neben mir. Hast du Angst? Ich habe keine Angst. Jetzt nicht. Sonst ja. Wenn du mir davonläufst. Wenn sie alle wegrennen. Es ist wie in einem Traum. Da fährt ein Zug. Er ist voller Menschen. Ich renne neben dem Zug her. Der fährt immer schneller. Ich will aufspringen. Ich springe ins Leere. Und der Zug fährt und fährt. Ich bleibe zurück und werde klein und winzig, bis ich dann gar nicht mehr da bin ..."
Ich antwortete nicht. Obwohl ich Angst hatte und es mich beruhigte, dass der Junge in meiner Nähe war. Aber ich fürchtete den Spott der Sioux, wenn ich mich in der Gefahr mit einem „Weib" verbunden hätte. So sprach ich nur in meinen Gedanken mit Segelohr.
„Ich lebe noch. Na, was denkst denn du. Ich kann mich nicht bewegen. Aber ich komme hier raus. Schneller Pfeil kennt keine Angst. Im Krieg ist eine Brandbombe mitten in mein Bett gefallen. Ich saß aber mit meiner Mutter in der Küche. Zugegeben, ich habe Angst. So ein bisschen. Es ist so eng und dunkel. Meinst du, dass wir hier rauskommen? Ich träume viel von einem Ball. Er ist aus richtigem Leder. Und er rollt und springt vor mir. Aber wenn ich an ihn trete oder ihn köpfe, zerplatzt er. Es kracht, wie damals die Bombe, die in mein Bett

gefallen ist. Ich werde wach und habe Hunger. Die Speisekammer ist abgeschlossen. Aber ich habe einen Trick, sie zu öffnen. Ich nehme mir ein Stück Brot mit ins Bett und rolle es zu Kügelchen, die ich wie Bonbons lutsche. Ich liege auf dem Bauch, sehe auf das Bahngelände und warte, dass eine Lokomotive Dampf abstößt und ins Rollen kommt. Du sagst ja gar nichts mehr. Bist du noch da? Segelohr?“

Zwei Tage und zwei Nächte waren wir verschüttet. Dann schaufelte man uns frei. Wir waren beide gesund. Nach kurzer Wiedersehensfreude bekamen wir Vorwürfe, dass wir uns in den Ruinen herumgetrieben hatten.

Am nächsten Tag fragte ich den Häuptling, ob wir Segelohr in unsere Bande aufnehmen könnten. Vielleicht als Kundschafter, er sei schlau und schnell, und er würde tun, was wir von ihm verlangten. Der Häuptling entgegnete, mein Skalp säße wohl locker, ich wolle den ehrenhaften Stamm der Sioux blamieren. Weiber und Kümmerlinge hätten hier nichts zu suchen.

„Nichts zu machen, Segelohr“, sagte ich. „Und überhaupt: Lass mich in Ruhe! Ein für alle Mal!“

Aber wo ich auch hinkam, begegnete ich Segelohr. Selbst wenn ich ihn nicht sah, spürte ich ihn. Überallhin begleitete mich sein Geruch nach dem Schweiß alter Leute. Es war, als sei der Junge mein Schatten.

Da gab es plötzlich ein Mädchen in meinem Leben. Ich hatte es nicht gesucht. Es war nun da wie alles andere, das auf mich zugekommen war. Vielleicht war ich ihr schon oft begegnet und hatte sie nur nicht wahrgenommen. Aber nun hatte sie mich angesehen oder ich sie. Ihre Augen hatten mir etwas versprochen, das mir begehrenswerter als ein Fußball erschien. Ich weiß nicht mehr, wie sie aussah. Ich kenne nur noch ihren Namen. Sie hieß *Evelyn*. Noch nie hatte ich ein Wort so wohlklingend und geheimnisvoll empfunden. Evelyn besuchte an unserer Schule eine Mädchenklasse.

Ich folgte ihr in sicherem Abstand überallhin, um in ihrer Nähe zu sein. Stets war auch Segelohr zum Greifen nahe, aber ich spürte ihn nicht mehr so bedrängend wie zuvor. Sein Schweißgeruch wurde von Evelyns Duft nach frisch gebackenem Brot verdrängt. Das Mädchen lebte bei Onkel und Tante, die eine Bäckerei hatten. Wir Schüler blieben auf dem Schulweg vor der Ladentür stehen, um den Kuchenduft zu atmen.

Auf dem Schulhof hört ich hinter mir Segelohr flüstern: „Horst. Sie gefällt dir wohl? Ich sehe doch, wie du sie ansiehst. Sie hat rote Haare. Oder braune? Vielleicht schwarze? Soll ich dir etwas erzählen über sie?“

Was konnte Segelohr denn schon von Evelyn wissen? Der Junge wurde mir unheimlich. Er war mein

Schatten, der besser über mich Bescheid zu wissen schien als ich selbst.
Und dann wieder im Klassenzimmer, als wäre es meine innere Stimme: „Ich bin gut als Kundschafter. Ich kann Spuren lesen und so. Wenn du willst, sage ich ihr etwas. Ich sage ihr, was du ihr sagen willst. Wenn du willst, sage ich ihr, dass du sie gut findest."
Evelyn besuchte den Religionsunterricht. Er fand in einem Nebenraum der Kirche statt. Zum ersten Mal betrat ich das kalte Zimmer. Vor mir saß Evelyn. Hinter mir wusste ich Segelohr. Die Jungen versuchten Pfennige übereinander zu pusten. Die Mädchen tauschten Glanzbilder.
„Horst. – Horst. Horst. Ich habe hier etwas für dich. Du kannst es gut gebrauchen. Sieh dich doch mal um. Hier, sieh nur, was ich hier habe."
Ich schüttelte Segelohrs Hand von meiner Schulter, aber so, dass er gleich wieder zufasste.
„Horst. Jetzt werfe ich es dir auf den Tisch. Es sind die schönsten Glanzbilder, die du weit und breit bekommen kannst."
Ich hatte Angst, dass ein Junge mich mit dem Weiberkram sah. Schnell presste ich meine Hand mit dem Glanzbild zusammen.
„Ein Bild ist einen ganzen Apfel wert. Hier, sieh mal, Horst, den großen Blumenkorb habe ich für mein Frühstücksbrot bekommen. Siehst du, wie

bunt der Papagei ist, der da mitten in den Blumen sitzt. Wenn man so ein Bild ansieht, ist es, als scheint die Sonne."

Langsam, widerwillig und doch neugierig, öffnete ich meine Hand und sah auf das Bild.

„Und hier – der Junge und das Mädchen mit dem Hund. Sie sind sogar mit Silber bestreut. Wie das glänzt ..."

Oja, das war ein Glanz wie aus den Bildern der Märchenbücher, ein Sternenglanz, der mein Herz schneller schlagen ließ ...

„Evelyn. Schenke die Glanzbilder ihr. Die Mädchen drehen durch, wenn sie so was bekommen. Nimm die Bilder, Horst. Bitte. Du kannst sie haben. Alle. Man muss sie verschenken – an jemand, den man – liebt ..."

Ich wusste nicht, warum ich heulen musste, während ich stockend mit den anderen sang:

„Herr, ich habe missgehandelt, ja mich drückt der Sorgen Last, ich bin nicht den Weg gewandelt, den du mir gezeiget hast, und jetzt möchte ich voll Schrecken mich vor deinem Zorn verstecken. Doch, wie könnt ich dir entfliehen? Wollt ich übers Meer gleich ziehen, stieg ich in die Gruft hinein, hätt ich Flügel gleich den Winden, dennoch würdest du mich finden!"

So plötzlich und heftig ich das Mädchen wahrgenommen hatte, verschwand es wieder aus meinem Leben. Zurück blieb eine Narbe in mir, die mir nach Jahren noch manchmal wehtat. In der Sonntagnachmittagvorstellung des Kinos hatte ich Evelyn zusammen mit einem Jungen aus einer höheren Klasse gesehen. Nach der Vorstellung folgte ich ihnen. Auf dem Spielplatz fassten sie sich an den Händen. Zum ersten Mal in meinem Leben wurde mir schwarz vor Augen. Irgendwo fand ich Halt. Als ich die Augen öffnete, sah ich, dass ich Segelohr umfasst hielt. Ich stieß ihn zurück und rannte und rannte …

Es passierte, dass unsere Familie ins Gerede kam. Mein Vater war verhaftet worden. Wir wussten nicht, warum. Die Leute aber behaupteten dieses und jenes. Die einen sagten, die Polizei habe meinen Vater als einen der Händler erkannt, die auf dem Schwarzmarkt gestohlene Ware verkauften und tauschten. Die anderen wussten, wir seien westliche Spione. Und die meisten waren sich einig: Kriminelle seien wir, Fremde, „Pommersche“, „Pollacken“, „Juden“, keine Deutsche eben. Man halte sich besser von uns fern.
Mit einem Mal war ich allein wie Segelohr. Die Sioux schlossen mich aus ihrem Stamm aus. Die Jungen aus meiner Klasse gingen mir aus dem Weg. Der Direktor der Schule ließ mich ein paar Mal in sein Zimmer kommen und stellte mir Fragen nach dem Zuhause. Mein Lehrer übersah

im Unterricht meine erhobene Hand. In allen Fächern bekam ich von ihm eine Drei. Tag für Tag schlich ich mich in die Nähe der Sioux und beobachtete sie. Ich hatte nur einen Wunsch: wieder zu ihnen zu gehören. Wenn sie mich entdeckten, jagten sie mich.

Segelohr sah ich nicht in dieser Zeit. Vielleicht war er in meiner Nähe, vielleicht nicht. Ich war gefangen in meinem Schmerz des Alleinseins. Nachts träumte ich wieder von Bombenangriffen. Tags rannte ich los und versteckte mich in Kellerruinen. Schließlich stellte ich mich der Jungenbande. Ich versprach, ihnen Geld zu verschaffen, Essen und Trinken, so viel sie wollten, sogar einen Lederball würde ich herbeibringen. Aber sie banden mich an den Marterpfahl, zündeten ein Feuer an, das sie meinen nackten Füßen immer näher rückten, und beschossen mich mit Lehmklumpen.

Sie hatten sich mit Geschrei und Herumspringen in eine wilde Stimmung gebracht. Der Häuptling stieß ein Fahrtenmesser der Hitlerjugend neben mir in den Pfahl. Ich wand mich in den Fesseln und verspürte Angst wie in den Luftschutzkellern bei Bombenangriffen.

Da war plötzlich Segelohr hinter mir und durchschnitt die Stricke. Wir rannten davon, Segelohr fasste meine Hand und zog mich in ein mir unbekanntes Ruinengelände.

Wir befanden uns in der Tiefe. Es sah so aus, als wohnte hier jemand.
„Das ist meine Höhle, Horst. Da staunst du, was? Es – es ist nicht nur ein Versteck. Es ist ein – ein Zuhause."
Alles war da. Ein Tisch, zwei Matratzen, Decken, sogar ein Bild. „Ich habe es selbst gemalt."
Was sollte es wohl darstellen? Einen Fisch vielleicht? Oder ein Schiff? Es sah aus wie eine Insel.
„Ich weiß selbst nicht, was es ist. Wenn ich male, da geht meine Hand von allein. Sie geht mir voran. Ich gehe ihr hinterher."
Er hatte hier sogar Bücher.
„Kennst du den Huck Finn? Der traut sich was. Er wohnt in einer Regentonne und strolcht so herum. Er ist anders als die anderen. Die wollen ihn immer so machen, wie sie selbst sind. Da fährt er auf einem Floß den Mississippi hinunter und erlebt viele Abenteuer. Huck ist ein Freund. Möchtest du das Buch mal lesen? Ich schenke es dir."
Ich nahm das Buch und blätterte darin.
„Willst du einen Apfel?"
Ich nahm den Apfel und biss kräftig hinein.
„Horst. Ich – ich habe das alles für dich herangeschafft. Ich wusste, dass wir einmal hier unten zusammen sind."
„Danke, dass du mich vom Marterpfahl befreit hast", sagte ich.

Meine Gummischuhe waren verkohlt. Das würde Prügel geben. Seitdem mein Vater verhaftet war, schlug meine Mutter mich bei jeder Kleinigkeit.
„Sieh doch mal. Wir sind in unserer Höhle. Es ist wie in – in einem Bauch, ja. Es ist warm. Wir haben alles, was wir brauchen. Wir sind wie Zwillinge. Wir hängen zusammen. Ein Leben lang."
„Nein!", rief ich. „Nein."
Es war eng hier. Ich bekam kaum Luft. Bei jeder Bewegung stieß ich an. Ich musste hier raus. Sonst würde ich ersticken. Über mir würde alles zusammenbrechen!
Als ich in der Nacht nach Hause fand, saßen Mutter und Vater am Küchentisch. Eine Kerze brannte hell. Die Eltern bedeuteten mir, mich zu ihnen zu setzen. Vater schenkte mir etwas selbst gemachten Obstwein in ein Glas. Wir stießen mit den Gläsern an und tranken. Ich legte meine Hand auf die Hände meiner Eltern, die sich festhielten.
Die Polizei hatte sich mit Vaters Verhaftung geirrt. Jetzt wollten die Leute gewusst haben, dass an der Sache nichts dran war. Der Direktor der Schule gab mir während der Hofpause die Hand. Mein Lehrer rief mich auf, Antwort zu geben. Ich bekam wieder Zensuren, wie ich sie verdiente. Und die Sioux schickten einen Unterhändler, der mir meine alten Stammesrechte anbot.
Ich hatte keine Zeit nachzudenken, mich zu freuen

oder zu ärgern. Wieder sollte sich mein Leben verändern. Meine Mutter drängte erneut auf einen Umzug. Sie sagte, sie könne den Nachbarn ihre bösen Reden nicht vergessen. Sie hatte in einem weit entfernten Stadtteil eine Wohnung im dritten Stockwerk gefunden. Wir müssten heraus aus den nassen Kellern, weiter oben hätten wir ein bisschen Sonne im Zimmer.
Segelohr hatte ich fast vergessen. Mir fiel kaum auf, dass in der Schule sein Platz neben mir leer war. Niemand fragte nach ihm. Mir war, als wäre er nur eine Figur aus einer Geschichte gewesen. Als hätte es ihn in Wirklichkeit nie gegeben. Irgendwie war ich erleichtert.

Wir hatten die Möbel auf einen Lastwagen geladen. Ich kauerte am hinteren Ende der Ladefläche. Es war Anfang September. Die Stadt war belebt vom *Tauchschen*, ein Volksfest, ein Kindermummenschanz: Masken; gelb, rot und schwarz gefärbte Gesichter; Jungen, als Indianer und Trapper kostümiert, in Banden vereint, fielen übereinander her und prügelten sich blutig; Feuer an Straßenecken, Geschrei, Explosionen selbst gebastelter Donnerschläge, das Tatü-tata von Feuerwehren; der Geruch von in heißer Asche garenden Kartoffeln.
Ich entdeckte Segelohr zwischen den Büschen neben der Haustür.

Er stand wie damals im Klassenzimmer, gekrümmt, mit hängenden Armen und den viel zu großen Ohren an dem zu kleinen Kopf.
Ich sprang auf und rief zum ersten Mal seinen Namen: „Hans!“
Der Junge rührte sich nicht. Er sah mich an wie etwas, das ihm ein Leben lang unbegreiflich und unerreichbar bleiben würde.
„Hans!“, rief ich und versuchte, die Planke zu überklettern. Vaters Hände umfassten meinen Nacken. Ich rang mit ihm; aber er drückte mich auf die Knie.
Der Lastwagen fuhr holpernd durch die Stadt. Um uns explodierten Knallkörper. Es war, als wären wir unter Beschuss geraten. Eine brennende Fackel fiel auf die Ladefläche.
Ich kroch unter eine Decke, schloss fest die Augen und biss mir in die Faust.
Irgendwann hörte ich die Stimme meiner Mutter: „Träumst du denn? Nun steig schon ab. Wir sind da. Jetzt wird alles gut, mein Junge, gut …“

Liebgott

Die Flucht aus Schlesien war den Teichmanns endlos erschienen. Nun war der Krieg zu Ende und sie hatten in Leipzig eine Wohnung gefunden. Dem Haus war von einer Bombe das Dach weggerissen worden. Sie wohnten zu fünft in einer nasskalten Erdgeschosswohnung. Im Haus und im finsteren Hinterhof roch es nach verkohltem Holz und Urin. Bernhard war dreizehn Jahre alt geworden. Er verliebte sich in irgendwelche Frauen, denen er irgendwo begegnete oder deren Bilder er in Zeitungen fand. Es waren blonde, blauäugige Frauen mit Engelsgesichtern und üppigen Körperformen.

Aus tiefstem Herzen hasste er seinen Klassenlehrer. Herr Lohmers wurde von den Schülern „Liebgott" gerufen. Er war etwa fünfzig Jahre alt, groß gewachsen, hatte einen kleinen Buckel und ein faltiges Gesicht. Auf der entzündeten Nase saß eine Brille mit starken Gläsern, hinter der sich wachsame Frettchenaugen versteckten.

In der Klasse gab es nur Jungen, die ständig in Prügeleien verwickelt waren. Sie lagen auf der Lauer, um einen Apfel oder ein Stück Brot zu erbeuten. Nach einer wilden Pausenschlägerei stand plötzlich Liebgott im Klassenzimmer.

„Aber, aber. Was geht hier vor, meine Lieben?",

erkundigte der Lehrer sich mit milder Stimme. „Das siehst ja so aus, als wäret ihr ungehorsam.“
Die Jungen rannten zu ihren Plätzen und standen soldatisch stramm. Nur Bernhard war nach Luft ringend stehen geblieben. Sein Kopf schmerzte, das Hemd war zerrissen, und sein Hunger war nicht gestillt.
Liebgotts Gesicht verzog sich angewidert. Mit zwei Fingern fasste er Bernhards Hemd, ließ sofort wieder los, als hätte er sich verbrannt.
„Pfui, du blutest ja.“
Und der Lehrer fragte mit öliger Stimme: „Bereust du dein tierisches Verhalten?“
Bernhard schüttelte trotzig den Kopf.
Liebgott zog ein Lineal aus seinem Jackenärmel. Bernhard streckt automatisch die Hände vor und schloss die Augen. Siebenmal spürte er einen brennenden Schmerz auf den Handflächen.
Dann befahl Liebgott: „Stell dich mit dem Gesicht zur Wand. Und bis morgen schreibst du zweihundertmal in sauberster Schrift und ohne Fehler: *Bernhard Teichmann ist seinem Lehrer ungehorsam*. Nun bedanke dich bei mir, mein Junge, weil ich dir helfe, den rechten Weg zu finden.“
Die Jungen begegneten sich und anderen Lehrern wild und unbarmherzig. Aber bei Liebgott waren sie wie hölzerne Puppen. Und nur auf seinen Fadenzug standen sie vom Platz auf und setzten sich

wieder. Sie sprachen nur, wenn sie vom Lehrer gefragt wurden.
Liebgott war gehasst und gefürchtet von Schülern und Eltern. Wenn der Entscheid über die Versetzung in die nächsthöhere Klasse bevorstand, gaben die Eltern ihren Kindern Päckchen mit. In ihnen befanden sich ein paar Kaffeebohnen, ein viertel Stück Butter oder eine selbst gemachte Wurst. Die Jungen legten ihre Päckchen, auf denen ihr Name stand, vor der Mittagspause hinter die Tafel. Wenn sie vom Hofgang zurückkamen, waren die Päckchen verschwunden.
Liebgott verkündete mit Predigerstimme: „Gutes soll nicht unbelohnt bleiben, meine Söhne. Jakob, Wehrmann, Richter, Gruner – ihr bekommt in Fleiß und Rechnen eine Zwei. Ihr gebt euch viel Mühe. Das verdient Anerkennung."
Der Lehrer zog aus seiner Aktentasche einen Stoß Heiligenbilder und überreichte jedem der Belobigten eins. Die Heiligenbilder waren von allen Schülern sehr begehrt. Sie waren bunt und aus Glanzpapier, und manchmal zeigten sie Abbildungen schöner Frauen.
Am begehrtesten waren die von der Jungfrau Maria. Die Heilige stand an eine Mauer gelehnt, die keuschen Augen auf ihren offenherzigen Kleidausschnitt gerichtet. Die Jungen radierten so lange am Kleid der Jungfrau Maria herum, bis sie nackt

zu sehen war. Mit ein paar Bleistiftstrichen gaben sie ihr, was der Maler aus frommer Überlegung mit dem Kleid verhüllt hatte.
Als Liebgott davon erfuhr, verteilt er nur noch Bilder des Kampfes zwischen David und Goliath. Aber die Schüler malten ihnen pralle Brüste und Hinterteile, sodass die Streitenden als nackte Weiber ihren Kampf fortsetzten.
Auch Bernhards Mutter hatte mehrmals versucht, ihrem Sohn ein Päckchen mit vom Munde abgesparten Lebensmitteln mitzugeben. Bernhard spürte, dass der Lehrer auch von ihm diesen Tribut verlangte. Aber gerade darum weigerte er sich, so ein Päckchen mit in die Schule zu nehmen.
Liebgott gab Bernhard immer schlechtere Zensuren. Wegen Nichtigkeiten ließ er ihn sich stundenlang mit dem Gesicht zur Wand stellen. Bernhards Handflächen waren von den vielen Schlägen mit einer Hornhautschicht überzogen.
Bernhards Mitschüler beobachteten gespannt, wie der Kampf zwischen Lehrer und Schüler ausgehen würde. Sie schlossen eifrig Wetten ab. Nur die Stärksten gaben Bernhard eine Chance.
Zum Schuljahresende spitzte sich die Auseinandersetzung zu. Liebgotts Briefe an Bernhards Mutter häuften sich. In Schönschrift teilte er mit, dass Bernhard versetzungsgefährdet sei. Sein Fleiß und vor allem seine Disziplin ließen sehr zu wünschen

übrig. Überhaupt wisse er nicht, was aus dem Jungen werden solle, wenn er nicht recht bald Einsehen zeigen würde.
Bernhard dachte ernsthaft daran, Liebgott umzubringen. Er schloss die Augen und sah sich einen Pfeil abschießen, der dem Lehrer in die Brust drang und zu Boden sinken ließ. Oder er reichte ihm ein Bonbon, das Liebgott schmatzend lutschte, bis dann das Gift wirkte: Zuerst wurde ihm nur schlecht; dann traten seine Augen heraus; er begann zu röcheln, kippte auf die knarrenden Dielen des Klassenzimmers und flehte um Hilfe.
„Das Bonbon war vergiftet", sagte Bernhard lächelnd. „Es gibt keine Rettung mehr. Nun weiß ich wirklich nicht, was aus Ihnen werden soll."
Aber Tagträume halfen Bernhard nicht, das Problem zu lösen. Ihm musste etwas einfallen, wenn er dem Lehrer nicht unterliegen wollte.
In die Mädchenklasse nebenan war eine Neue gekommen: Margitta Krüger. Vergessen waren die blonden Frauen mit den Engelsgesichtern und die heiligen Weiber mit den Riesenbrüsten. Margitta war klein und zierlich. Sie hatte schwarze Haare, die sie zu einem Pferdeschwanz gebunden trug. Ihre Brüste waren nur zu ahnen. Ihre Haut war tief gebräunt. In ihrer Nähe roch es aufregend nach Schweiß. Und sie war von einem Geheimnis umgeben, das Bernhard um jeden Preis der Welt lösen

wollte. Manchmal, so glaubte er, lächelte sie ihm verstohlen zu.
Bernhard musste also in die nächste Klassenstufe versetzt werden, wenn Margitta Krüger ihn nicht als „Sitzenbleiber" verachten sollte. So entschloss er sich, seiner Liebe zu ihr seinen Hass auf Liebgott zu opfern. Er legte das Päckchen wie die anderen Schüler in der Mittagspause hinter die Tafel. Und Bernhard wurde versetzt. Der Mutter fiel ein Stein vom Herzen, als sie auf seinem Zeugnis las, dass ihr Sohn es verstände, im richtigen Moment die richtige Entscheidung zu treffen.
Noch am selben Tag fand Bernhard in seinem Schulranzen einen Brief. Er war von Margitta Krüger, und in ihm standen Worte der Verachtung, dass er dem verhassten Liebgott nun doch nachgegeben hatte.
Bernhard zerriss sein Zeugnis und führte seine Bleisoldaten in eine entsetzliche Schlacht. Keiner durfte überleben. Sie lagen verstreut auf dem Fußboden und er ließ seine bunten Glaskugeln zwischen ihnen rollen.

Fang mich doch

In den Sommerferien schickten meine Eltern mich zu Verwandten, die im Auendorf D. eine Fleischerei besaßen. Ich war zehn Jahre alt und branddürr, als ich in diesem Sommer nach D. kam. Eine Fleischerei versprach das Schlaraffenland.
Am Abend kam ich in dem kleinen Gehöft an. Es stand in der Mitte des Dorfes und hatte die Form eines Hufeisens, das Laden, Wohnräume, Stall, Schuppen und Schlachthaus einschloss. Onkel und Tante, die Großmutter, mein Cousin und meine Cousine saßen im Wohnzimmer beim Abendbrot. Die Gesichter der Erwachsenen waren müde. Ihre Ellenbogen stützten auf der Tischplatte die schweren Körper ab. Eine Uhr tickte hart. Auf dem Tisch stand ein Teller voller Wurstzipfel. Daneben lagen Scheiben vollkornigen Brotes. Es roch nach Geräuchertem.
Das Fenster zum Hof stand offen. Durch die Ritzen des Blechverschlages, der als Räucherkammer diente, drangen Qualmwolken. Sie schwebten zu einem hochwüchsigen Birnbaum. Auf seinen Ästen saßen sie wie große schwerelose Vögel.
Es war nichts zu hören außer Sperlingsgezeter und dem Surren der Fliegen.
Man ließ mir Zeit zum Essen. Es kam ein Lächeln in

ihre Gesichter. Mein Hunger war stärker als meine Scheu. Ich griff immer wieder nach Wurst und Brot, obwohl der Mund noch voll war. Die Bissen würgte ich hinunter wie ein schlingender Hund.
Dann war ich benommen vom Gefühl der Sattheit, das ich nicht kannte. Nun beantwortete ich die Fragen nach den Eltern, nach ihrer Gesundheit und dem Leben in der Großstadt. Ob denn wirklich fast jedes Haus zerbombt war? Und ob der Hunger denn gar zu groß sei?
Schließlich wurden mein Cousin, der gleichaltrig war, und ich schlafen geschickt. Das Bett, das wir uns teilten, füllte fast die Dachkammer aus. Die Tür zum Nebenzimmer war ausgehängt. In ihm schliefen in zusammengerückten Betten die Großmutter und die Cousine.
Die Erwachsenen gingen mit Einbruch der Dunkelheit zu Bett. Dann war nur noch das Rascheln der Mäuse zu hören und alle Viertelstunde das Rotieren der Kühlmaschine.
Mein Cousin und ich schwatzten, bis der Schlaf uns trennte. Die folgenden Wochen wollten wir recht abenteuerlich verbringen.
In den nächsten Tagen entdeckte ich das Dorf. Es war eine so ganz andere Welt als die Stadt. Hier gab es keine bis in den Keller aufgerissenen Häuser, aus denen es übel roch. Es gab keine Bettler und kaum einen Krüppel.

Die kopfsteinpflasterne Landstraße verlief schnurgerade. Sie führte auf zweitausend Schritte vorbei an zwei ehemaligen Großbauernhöfen, katzbuckligen Häusern, der Fleischerei, der Drogerie, dem Friedhof mit der alles überragenden Kirche und der alten Kutscherkneipe. Aus Feldern kommend führte sie in Felder.
Von der Straße winkelten sich schmale Wege ab. An deren Rändern wurden die Häuser ärmlicher. Am schnell fließenden Mühlgraben stand eine nicht mehr benutzte Wassermühle. Dahinter grünten die Wiesen und der Auenwald.
Über den Dächern gab es einen weiten Himmel. Die Sonne war mir in D. näher. Sie wärmte mich besser. Und wo ich hinkam, erschien es mir heller. Am meisten staunte ich über die Menschen. Sie kannten einander. Sie sprachen sich mit Vornamen an und wussten, was in den Familien passierte. Ihre Bewegungen und ihre Sprechweise waren langsamer, aber kraftvoller als die der Stadtmenschen. Nach ein paar Tagen schon fühlte ich mich ihnen zugehörig. Und sie zeigten mir, dass sie den Städter vergessen hatten.
Ja, das Leben wurde mir zum Abenteuer. Ich war Menschen und Dingen nahe wie nie zuvor. Ich träumte nicht mehr von heulenden Sirenen, von brennenden Häusern und schreienden Menschen. Manchmal verhielt ich mitten in der Bewegung

und staunte: Da war ich mir selbst begegnet. Einem schmalen dunkelhaarigen Jungen mit von der Sonne verbranntem Gesicht und Schultern, spröden Lippen und begierig blickenden Augen, barfuß, auf dem Sprung, die Hände zum Zugreifen bereit.

Mein Cousin und ich waren ständig zusammen. Jeden Tag wurde uns Arbeit aufgetragen. Sie bereitete uns Freude, solange wir sie nicht zu oft wiederholen mussten. Vor einen Handwagen spannten wir den großen schwarzen Ziegenbock und fuhren Asche auf die Halde. Aus dem Dorfteich kescherten wir Eimer voll Wasserlinsen, die sie hier *Entenflott* nannten. Mit Räucherstöcken trieben wir die Schweine ins Schlachthaus. Mit den anderen Familienmitgliedern hielten wir an Seilen den gewaltigen Bullen, bevor der schwere Hammer seine Stirn traf und er zusammenbrach. Wir erledigten Einkäufe und holten Gras von den Wiesen.

Am Mittag löffelten wir heißhungrig aus Schüsseln Graupensuppe mit Fleisch und Wurststücken. Die Bäuche schwollen uns prall an. Dennoch liefen wir gleich in den Auenwald und badeten in einem der Tonlöcher.

Erfrischt rannten wir auf die sonnenheißen Felder. Wir gruben nach Mäusen und Hamstern. In Flaschen sammelten wir Kartoffelkäfer, die wir auf der Bürgermeisterei abgaben. Dafür gab man uns ein

paar Pfennige, mit denen wir uns Eis kauften und Pfefferminzstangen.
Abends saßen wir im Hof auf den warmen Steinstufen, die ins Wohnhaus führten. Wir ließen bunte Glaskugeln von einer Hand in die andere rollen. Auf dem Schuppendach lagen die Katzen und schnurrten.
Unsere Müdigkeit war augenblicklich verschwunden, als eine Handglocke ertönte. Darauf rief eine heisere Stimme: „Puparsch! Puparsch!"
Wir stellten uns auf dem kleinen Platz in der Dorfmitte an das Ende der freudig erregten Menschenschlange. Als wir schließlich vorn standen, ließen wir uns die Eimer bis zum Rand mit Braunbier füllen.
Wieder im Gehöft, versammelte sich die Familie auf dem Hof. Fröhlichkeit kam auf. Flaschen wurden gespült. Das Braunbier wurde mit einer Kelle über einem Trichter hineingegossen. Die Flaschen wurden in den Keller getragen. Dort sollten sie mindestens eine Woche unangerührt lagern. Aber schon am nächsten Tag hatten mein Cousin und ich bei der Großmutter durchgesetzt, dass eine Flasche geöffnet werden durfte. Wir waren von den Erwachsenen lachend vor der Wirkung des frischen Bieres gewarnt worden. Doch die dunkelbraune Flüssigkeit schmeckte süß. Wenn man den porzellanenen Verschluss gegen den Flaschenhals schlug,

quoll weißer, nach Hefe und Zucker duftender Schaum über. Wir schlürften ihn mit geschlossenen Augen. Bald darauf krümmten wir uns bleich und stöhnend auf den Holzklos.

Am nächsten Morgen war uns besser. Schon am Mittag bettelten wir bei der Großmutter um Erlaubnis, eine zweite Flasche öffnen zu dürfen.

Für die Dörfler war der Höhepunkt des Sommers ein Gartenfest. Sie nannten es *Unser roter Lampion*. Schon Tage zuvor begannen Erwachsene und Kinder mit der Vorbereitung.

Der Gartenverein befand sich dreihundert Schritt vor dem Ortseingang. Zwei Jahre nach dem Krieg war von dem ehemaligen Großbauernbesitz jedem Dörfler eine gleich große Parzelle zugesprochen worden. Jeder besaß hundert Quadratmeter, in denen sogar um die Stämme der Obstbäume Kohlrabi und Weißkraut gepflanzt waren.

An einem Sonntagnachmittag war es endlich so weit. Die Dörfler zogen mit Familie, in ihren besten Sachen und gemessenen Schrittes zum Dorf hinaus. Der Tag war heiß und schwül. Vom Gartenverein waren die Klänge einer Blaskapelle zu hören. Manchmal ertönte ein Jauchzer, als probiere jemand aus, was in ihm steckt.

Ich ging mit der Fleischersfamilie neben meinem Cousin. Wir glänzten wie polierte Äpfel. Der Onkel bestimmte den Schritt. Er grüßte nach links und

rechts, tauschte mit Nachbarn Worte über das Wetter, die Ernte und das Weltgeschehen.
Alles, Menschen, Straßensteine, Häuserwände, Pappeln, Getreide und Lerchen, war in Festtagsstimmung. Sie verband Menschen und Dinge miteinander, und nichts war ausgeschlossen.
In der Gartenanlage trennten sich die Kinder von den Erwachsenen. Wir rannten durch die labyrinthisch verzweigten engen Gänge, bis wir einen Platz erreichten. In dessen Mitte auf einem hölzernen Podest standen Musikanten. Sie pressten ihre goldglänzenden Instrumente an den Mund und hielten sie in Richtung Himmel.
Hier und da standen Buden aus Brettern und Kisten. An ihnen wurden Streuselkuchen, vom Onkel hergestellte Bockwürste und bunte Luftballons mit aufgemalten weißen Tauben verkauft. Mit Stoffbällen konnte nach einer Pyramide aus Blechbüchsen geworfen werden. Über einem schwarzen Vorhang hämmerten Kasper und Teufel mit Pritschen aufeinander ein. Von einem wuchtigen Tisch waren die Aufschläge lederner Becher und das Rollen der Würfel zu hören. Die alten Weiber waren schwarz gekleidet. Ihre Gesichter waren von schwarzwollenen Tüchern fast verdeckt. Sie standen krumm vor einem offenen Feuer und streckten ihm ihre knochigen Hände entgegen, als frören sie an diesem heißen Hochsommertag.

Eine von ihnen brannte Malzbonbons. Sie gaben dem satten Duft nach warmer Erde und trockenen Gräsern eine Süße, dass man meinte, jedes Ding sei zu essen.
Etwa fünf Meter hoch ragte ein Mast, an dessen Ende ein Strohkranz angebracht war. An ihm hingen an bunten Bändern befestigte Würstchen und kleine Kuchen. Jungen und Mädchen waren aufgefordert, am Mast hochzuklettern.
Ein Mann ließ mit einem Seil den Kranz herunter – und griff die Hand des Kletterers nach dem begehrten Ding, zog er ihn ruckartig wieder hoch. Das Seil wurde so betätigt, dass auch der Schwächste, wenn er sein Bestes gegeben hatte, sich ein Stück Kuchen greifen konnte.
Der stärkste und mutigste Junge kletterte dann bis zum Mastende. Unter dem Geschrei der Kinder und dem Beifall der Erwachsenen zog er den geplünderten Kranz herunter.
Polternd rollte die Kegelkugel. Bier und Waldmeisterlimonade wurden ausgeschenkt. Die älteren Jungen und Mädchen fanden sich zum Tanz. Die Alten saßen im Gras und auf mitgebrachten Stühlen. Die Gesichter der Frauen und Männer zeigten Beständigkeit und Gelassenheit. Sie bewegten sich wohlig-schläfrig wie starke Tiere. Wir Kinder konnten unter ihrem Schutz um so ausgelassener rennen und springen.

Wäre ich gefragt worden, was mir fehlte, ich hätte nichts nennen können. Ich erfuhr es in dem Augenblick, als ich dich sah.
Ich wusste nicht, ob ich dir schon vorher im Dorf begegnet war. Erst in dieser Stunde in den Gärten – es war Abend geworden – erkannte ich dich.
Mitten im Spiel standest du vor mir. Ich hatte dich oder du hattest mich fangen wollen. Unsere Hände hielten einander fest. Wir sahen uns in die Augen, überrascht, erstaunt und auch ein wenig erschrocken.
Du warst etwas kleiner als ich. Du hattest dünne Arme und Beine. Sie schauten aus einem weißen Kleid hervor, das über der Brust fleckig war von verschütteter Limonade. Deine Haare, schwer und kornfarben, waren zu Zöpfen geflochten. An deren Enden saßen weiße Schleifen wie große Falter.
Deine Augen waren hell. Sie blickten freundlich und misstrauisch zugleich.
Ich stand wie festgehalten. Mir war heiß, mir war kalt. Ich spürte Freude und war doch traurig.
Irgendjemand aus der Kinderschar, die uns umstand, lachte.
Da sagtest du: „Pah!"
Du lachtest, schlugst mich an den Arm, riefst: „Du bist's!", und liefst weg.
Bis zum späten Abend sind wir uns abwechselnd davongerannt, um uns fangen zu können. Mit den

Kindern, du mit denen, ich mit jenen, gingen wir mitten auf der Straße zum Dorf. Es hieß, dass sich in der Gegend ein Kindermörder herumtreiben würde.

Wir Jungen waren mit Knüppeln und Taschenmessern bewaffnet. Wir riefen ins Dunkel: „Wer da?" Unsere Taschenlampen leuchteten auf.

Die Mädchen schrien, wenn ein Junge rief und auf einen Baum oder den Straßengraben zusprang.

Die Jungen versuchten so tief zu lachen wie ihre Väter oder Onkel. Sie versprachen, dass sie es jedem, der einem der Ihren zu nahe käme, schon geben würden.

Auch ich prahlte. Auch du schriest begierig auf.

Ich war nur für dich da, in jedem Atemzug, jedem Blick, jeder Bewegung. Es war mir, als hättest du mir im Spiel ein Geheimnis zugeflüstert. Ich würde daran sterben, wenn ich es nicht für mich behielt.

Am Ortseingang warst du verschwunden.

Ich warf den Stock weg und trottete meinem Cousin hinterher. Das war meine erste Nacht, in der ich nicht schlafen konnte. Durch das Dachfenster sah ich einen grünen Mond. Mir war sonderbar heiß hinter der Stirn. Etwas quälte mich. Mir fiel dein Name nicht ein.

In den folgenden Tagen begegneten wir uns oft. Obwohl wir uns nie verabredeten, war es kein Zu-

fall. Wir sahen uns im Laden des Drogisten. In der Sonnenglut auf einem Feld. In einem von Straßenbauern ausgehobenen, sich durchs Dorf ziehenden Graben. In der Turnhalle und im Dachgestühl der Kirche, wo sich an den Sonntagvormittagen die Jungen darum balgten, wer an den Seilen ziehen und die schweren Glocken läuten durfte.
Und oft begegneten wir uns auf dem Friedhof im dichten Laub einer Kastanie.
Jedes Mal, wenn ich dich sah, spürte ich einen Schmerz, der mir gut tat. Es war ein Schrei in mir, den ich mühsam zurückhielt. Später hätte ich singen wollen. Die Melodie kannte ich. Aber die Worte fehlten mir.
Nie sprachen wir miteinander.
Manchmal stieg ich nachts aus dem Dachkammerfenster und kletterte am Gerüst für den Wein nach unten. Ich rannte zum Dorfrand. Hier wohnten in Baracken die Pommerschen. Das waren Mütter mit ihren Kindern, die der Krieg hierher verschlagen hatte. Du wohntest in der ersten Baracke. Ich kannte das Fenster, hinter dem du mit drei Geschwistern schliefst. Ich wollte dich rufen, dir sagen, dass wir jetzt losgehen könnten. Du wüsstest, wohin.
Aber wieder fiel mir dein Name nicht ein. Keiner der Namen, die ich kannte, wollte zu dir passen. Mein Cousin behauptete, du hießest Anne. Da

musste ich lachen. Du hast einen anderen Namen. Ich wusste, eines Tages würde ich ihn von dir erfahren.

Erinnerst du dich, wie wir uns verloren haben? Bald nachdem wir uns im Dorf D. beim Sommerfest begegnet waren, bist du verschwunden. Seitdem suche ich dich.
Es war in einer dieser Sommernächte, in der die Luft wie warmes Brot schmeckt. Ihr schwerer Duft weckte mich vor Mitternacht. Mein Cousin saß neben mir im Bett. Er leuchtete mit einer Taschenlampe durch das geöffnete Dachkammerfenster die golden glänzenden Kopfsteine der Straße ab.
Niemand war zu sehen. Kein Wind ging.
Es war still. Nicht einmal die Katzen schrien.
Wir beugten uns aus dem Fenster. Der Brotduft ließ uns wie Hunde speicheln. Wir spuckten in den von der Tante behüteten Vorgarten. Der Himmel war bunt durch Mond und Sterne.
Ich blickte wie durch ein blaues kristallenes Weinglas. Meine Mutter hatte so eins bei unserer Flucht über den Krieg gerettet. Beim gehassten Abwaschen und Abtrocknen des Geschirrs bekam ich das Glas an Feiertagen in die Hände. Ich hauchte es an, polierte es und hielt es gegen das gelbe Licht der Küchenlampe. Das blau durchleuchtete Gefunkel hatte etwas vom Flitterglanz des Zirkus, den ich mit

meiner Schulklasse besucht hatte. Aber es wirkte auch ein ganz anderes, von weit her kommendes Licht auf mich. Es versetzte mich in einen Tagtraum, in dem ich beim Weitsprung nicht wieder auf die Erde aufsetzte und Eltern, Lehrern und Freunden davonflog.

Auch ich hatte eine Taschenlampe bei mir. Wir leiteten die Lichtstrahlen auf die Fenster benachbarter Häuser. Dann auf das kleine Schaufenster der Drogerie. Hinter ihm schlief zwischen vergilbten Reklameschildern der weiße Spitz der Ladenbesitzerin.

Aus manchem Fenster richtete sich ein Lichtstrahl auf uns. Signale wurden übermittelt. Es waren Zeichen, die wir nie zuvor gesehen hatten und dennoch verstanden.

Wir sprangen durch das Fenster in den Vorgarten. Auf dem Gemüsebeet verwischten wir unsere Spuren und kletterten über die Gehöftmauer.

Bald standen Mädchen und Jungen zusammen. Wir zitterten, als sei es kalt. Das Licht aus den Taschenlampen ließen wir über Gesichter, Häuser und Himmel gleiten.

Wir flüsterten und lachten angespannt. Etwas musste passiert sein. Einer fragte den anderen, bereit, jede Nachricht zu bestätigen und weiterzugeben. Niemand konnte etwas Genaues sagen. Und doch wussten es plötzlich alle: Der von der Polizei gesuchte Kindermörder schlich durchs Dorf!

Zuerst hatte ihn einer, dann hatten ihn alle gesehen. Ein heiliger Schauer, vom Pfarrer bei den sonntäglichen Gottesdiensten in seiner Gemeinde vermisst, erfasste uns. O ja, es gab Gott. Aber vor allem gab es den Teufel, der Menschengestalt hatte und nun im Dorf umging.

Wir Jungen entwarfen Pläne, wie wir ihn schnappen wollten. Die Mädchen hatten eine Gruppe für sich gebildet. Sie standen in einer Toreinfahrt eng beieinander.

Du hattest die Arme um deinen Oberkörper gelegt und blicktest mich auffordernd an. Es sah aus, als müsstest du dich festhalten, um nicht loszurennen.

Ich sah nur dich. Aber ich wagte nicht, dir in die Augen zu blicken. Erst musste der Kindesmörder gefangen werden. Vielleicht war dann alles ganz einfach.

Wir erhitzten uns immer mehr und gerieten wie in ein heftiges Fieber. Nachdem es seinen Höhepunkt überschritten hatte und nichts passiert war, ließ es uns ruhiger und abgekühlt zurück. Die meisten der Mädchen und Jungen kehrten in die Häuser zurück. Wir anderen wollten bis zum Morgen auf der Straße bleiben.

Du schlugst vor, Verstecken zu spielen. Es wurde ausgezählt, ich musste suchen.

Ich stellte mich mit dem Gesicht zur Gehöftmauer

und zählte laut bis zehn. Aus den Augenwinkeln beobachtete ich, wie du davonsprangst.
Bald konnte ich dein helles Kleid nicht mehr sehen. Die anderen Mädchen und Jungen hatte ich schnell entdeckt. Sie saßen auf den Pappeln, lagen hinter den Toren und kauerten zwischen Büschen.
Nur du warst nicht zu finden.
Schließlich suchten alle nach dir. Aber du bliebst verschwunden.
Es wurde ein neues Spiel verlangt. Ich meinte, dass das alte Spiel noch nicht beendet sei. Der Streit ermüdete die anderen. Sie schalteten ihre Taschenlampen aus und liefen nach Hause. Mein Cousin sagte, ich sollte aufgeben. Du lägst längst in deinem Bett. Es sei bekannt, dass Mädchen nicht durchhielten. Er kletterte an der Dachrinne hoch, durchs Fenster in die Dachkammer.

Nun war ich allein und wusste, dass ich auf diesen Augenblick gewartet hatte. Du warst in der Nähe und zogst mich an. Ich lief in eine andere Welt. So ein tiefes Blau hatte ich noch nie gesehen. So prickelnd warm war mir nie gewesen. So zugehörig allem Lebendigen hatte ich mich nie gefühlt.
Ich lauschte.
Und da hörte ich deine Stimme: „Fang mich doch!“
Die Straße war am Rand aufgerissen. Der Graben, etwa zwei Meter tief, zog sich durch das Dorf.

Ich sprang hinein und lief los. Es war dunkel und kalt. Mir war, als hätte sich die Erde über mir geschlossen. Ich hörte nur meine Schritte. Oder war es mein Herz? Viele Hände schienen mich zu stoßen, vorwärts, rückwärts, nach links, nach rechts.

Mir wurde schwindlig. Ich glaubte, dich verloren zu haben. Ich wollte um Hilfe rufen. Aber ich schwieg und drehte mich im Kreis.

Da sah ich dein helles Kleid vor mir. Ich streckte meine Hände nach dir aus.

„Gefangen!", rief ich.

Da war es wieder dunkel um mich herum.

Aus der Ferne riefst du: „Fang mich doch!"

Und wieder lief ich dir hinterher.

Im Auenwald kam ich näher an dich heran.

„Bleib stehen!", rief ich. „Ich fange dich doch!"

Wir erreichten einen verwilderten Park. Ich hatte ihn noch nie gesehen, obwohl wir Jungen den Wald oft durchstreift hatten. Blumen blühten hier. Vor allem wilde Rosen. Hecken wucherten über Wege. Steinerne Figuren standen efeuumrankt an Wegkreuzungen oder lagen im Gras. Es fehlten ihnen Arme oder Beine. Manche waren gar ohne Kopf.

Jetzt kam ich dir näher. Denn Hecken und eingestürzte Mauern versperrten dir den Weg. Du schriest, wenn du dich durch die Rosensträucher drängtest.

Nun ließ ich mir Zeit. Es machte mir Spaß, dich zu

jagen, bevor ich dich fest umfassen und rufen würde: „Gefangen!“
Nur noch ein paar Schritte trennten mich von dir. Ich lachte. Du warst mit deinen Kräften am Ende. Aber ich gewann an Kraft. Deine Rufe klangen ängstlich.
Da stand am Wegrand ein Schloss mit hohen Mauern und vielen Türmen. Es war ein alter mächtiger Bau. Es schien, als schaffte er eine feste Verbindung von der Erde in den Himmel. Wir waren stehen geblieben. Nur ein Schritt trennte mich noch von dir. Das breite Schlosstor stand weit offen. Über einen Graben führte eine Zugbrücke ins Innere. Aber von ihm war nichts zu sehen, denn aus dem Graben stiegen Nebel auf. Aus dem Schlosseingang drang Glockenläuten. Es waren zarte und doch kräftige Töne.
Du gingst, vorsichtig die nackten Füße setzend, auf das Tor zu.
„Nein!“, rief ich. „Bleib hier! Geh nicht hinein!“
Aber du hörtest mich nicht. Ich selbst hörte meine Stimme nicht. Ich zitterte und war zu keiner Bewegung fähig.
Mitten auf der Zugbrücke bliebst du stehen. Der Nebel gab dich frei. Du hobst die rechte Hand, als seist du in der Schule und wüsstest eine Antwort. Ich glaube, du schnipptest mit den Fingern, ungeduldig und ärgerlich über mich.

Das Tor begann sich zu schließen. Langsam drehten die beiden mächtigen Torflügel ein.
Da sprangst du mit einem Schrei ins Innere des Schlosses. Es kam Sturm auf und zog mich dir nach. Hinter mir schloss sich das steinerne Tor.
Das Schloss hat unzählige Räume. In der Enge der Kammern erstickt man fast. In der Weite der Säle sieht man sich verloren. Wo ich mir auch Zutritt verschaffte, du riefst aus einem anderen verschlossenen Raum: Fang mich doch!
Hatte ich die nächste Tür endlich geöffnet, befandest du dich schon hinter einer anderen. Minuten sind vergangen. Wochen. Monate. Jahre. Aus dem Jungen ist ein Mann geworden. In viele Kammern habe ich gesehen. Durch viele Säle bin ich gelaufen. Aber erreicht habe ich dich nie. Und nie bin dir wieder so nahe gekommen wie damals vor dem Schloss. Ich hätte nur die Hand auszustrecken brauchen, um dich zu fassen.
Aber es gibt noch viele Türen zu öffnen. Und ich will glauben, dass ich dich finde. Ich werde deinen Namen rufen und dich berühren. Gleichgültig, was dann mit uns passiert.

Im Kino

Da war ein Dämon in ihm, der sein Blut heiß machte und ihn mit Sirenenstimme lockte. Er hatte Zuflucht vor sich selbst gesucht und war in ein Kino gekommen, das sich zwischen Ruinen in einem mit Abfallkübeln voll gestellten Hinterhof befand.

Der Film hatte längst begonnen. Die Platzanweiserin führte Bernhard in eine der vorderen Reihen und drückte ihn auf das ächzende Holzgestühl.

Er konnte kaum sitzen, ihm war sonderbar heiß, vor seinen Augen flimmerte es, und die Stimmen aus dem Lautsprecher dröhnten ihm in den Ohren. Als er wieder zu sehen begann, beruhigte sich sein Atem, und nun konnte er auch wieder hören. Er erkannte das Geschehen auf der Leinwand: ein Gewitter, ein Mann und eine Frau auf der Flucht. Sie rennen an den Händen gefasst über ein Feld. An einem Waldrand finden sie eine Hütte. „Das hätte dumm enden können“, sagt die Frau. „Ja“, sagt der Mann. „Wir haben Glück gehabt.“ Die beiden umarmen sich. Der Mann zündet im Kamin ein Feuer an. Die Frau kocht Tee.

Bernhard wollte aufstehen und nach draußen gehen. Ganz in seiner Nähe spürte er eine Kraft, die ihn auf dem Stuhl sitzen bleiben ließ. Er wagte

nicht, zur Seite zu sehen. Er lauschte und roch. Ihn fror; aber die Hitze in ihm nahm zu. Er wusste, rechts neben ihm auf dem Stuhl saß ein Mädchen. *Das* Mädchen. Nun also war er ihr doch begegnet. Erst jetzt begriff er, dass er *sie* gesucht hatte. Nur *sie*. Als der Film eine nächtliche Szene zeigte und es im Saal dunkler wurde, sah er sie an. Sie hatte eine aus einem Militärmantel geschneiderte Jacke an, deren Kragen hochgeschlagen war. Ihr Gesicht war nicht zu erkennen. Sie hatte langes, zu einem Pferdeschwanz gebundenes Haar, wie es viele Mädchen trugen. Sie saß ins Holzgestühl zurückgelehnt, ihr Kopf war zur Leinwand vorgereckt. Die Beine hatte sie übereinander geschlagen.
Bernhard versuchte, den Film anzuschauen und Sicherheit zu gewinnen. Er blickte auf die Leinwand, doch er sah nur *sie*. Seine Phantasie erkundete, was er nicht zu sehen vermochte. Das Mädchen war schön, es hatte weiße und reine Haut und Augen wie Kerzenlichter, wenn der Raum ohne Wind war, golden und warm. Der Mund war dunkel und voll und leicht geöffnet. Ja, das war *das* Mädchen. Er erkannte sie wieder. Vor Jahren hatte sie bei einer Rollschuhlaufveranstaltung die Bewunderung aller erregt, ein langzöpfiges Mädchen im kurzen weißen Kleid, das anmutig lächelnd die schwierigsten Figuren gelaufen war.
Bernhard saß auf dem Stuhl und befürchtete, dass

das abgenutzte und aus Kistenbrettern zusammengeschlagene Gestühl knarren und den Augenblick zerstören könnte. Kühne Gedanken schossen ihm durch den Kopf. Wie wäre es, wenn er sie anspräche, wenn er sagte: Hallo! Oder so etwas in der Art, die ihr gleich zeigte, dass er sich nicht vor einem Gespräch mit ihr fürchtete. – Hallo! Wir kennen uns doch. Du wirst dich vielleicht nicht erinnern. Damals waren wir noch Kinder. Himmel, das ist tatsächlich eine Ewigkeit her. Tanzt du noch immer auf Rollschuhen? – Nein. – Ach, du lebst jetzt zurückgezogener. Nur ab und zu gehst du ins Kino. Ich gehe selten ins Kino. Die Filme sind mir zu blöd, aus Tanzen mache ich mir nichts. Darf – darf ich dich nach dem Film nach – nach Hause begleiten …

All das war möglich. Und noch viel mehr könnte er zu ihr sagen. Er wurde sich ihrer vollkommen sicher. Wie genau er sie kannte, hatten sie doch als Kinder im Sandkasten zusammen gespielt. Er nannte sie *Claudia*. Lautlos wiederholte er ihren Namen, bis sie ihn einmal kurz ansah. Eine heiße Welle durchlief ihn – sie hatte ihn wieder erkannt!

Jetzt wollte er ihren Namen laut aussprechen. Claudia, wollte er sagen. Claudia. Seine Lippen klebten trocken aneinander. Ich habe ja Zeit, dachte er. Der Film läuft noch eine Ewigkeit. Sie rennt mir nicht weg. Er konnte sich überlegen, was er ihr sagen würde, etwas, was ihn als Mann zu erkennen gab.

Lässig musste es sein. Das klang nicht schlecht: Hallo, Claudia, ich lade dich nach dem Film zu einem Eis ein, okay. Er hatte Zeit, so viel Zeit.
Da sah Bernhard ihren Arm, keine drei Zentimeter von seinem Arm entfernt. Der Jackenärmel war bis zum Ellenbogen hochgerutscht, ihr Arm war schmal und mündete in eine kleine weiße Hand, die die Stuhllehne umfasst hielt.
Er erschrak, ihn durchzuckte der Gedanke: *Greif nach ihrer Hand! Nimm ihre Hand in deine Hand!* Etwas Zwingendes war in dem Gedanken. Er wollte sich dagegen wehren; aber da sprach diese innere Stimme, die er in letzter Zeit häufiger gehört und die ihn verwirrt hatte: Du hast Angst, Bernhard. Greif zu! Nimm sie dir!
Bernhard spürte, wie ihm der Schweiß auf die Stirn trat. Er versuchte durchzuatmen, ein Wort zu finden, das ihn erlöste. Aber das Wort war lange verloren, es lag in der Zeit, in der er mit den Vögeln gesprochen hatte. Er sah zu, wie sich seine Hand langsam von der Stuhllehne löste, wie sie aufstieg und über der Hand des Mädchens stand – wie ein Raubvogel.
Er schloss die Augen und spürte sich zufassen. Sie zuckten beide zusammen. Das Mädchen schrie leise auf. Ihm war, als hätte eine Katze geschrien, wie in einer dieser Frühlingsnächte, wenn der Mond sich hellgrün am Himmel ballte.

Mein Gott!, dachte er. Was hast du getan! Er ließ die Hand des Mädchens nicht los, fühlte nichts als Kälte; aber er hielt sie fest. Das Mädchen unternahm nicht den geringsten Versuch, sich zu befreien.
So einfach ist das, dachte Bernhard triumphierend. So einfach! Nur einen Augenblick lang musste er nachgeben, und alles andere geschah wie von selbst. Er saß im Wohlgefühl seines Sieges. Auf der Leinwand raste ein Auto in eine Gruppe Menschen. Maschinengewehre belferten. Angstschreie ertönten. Eine Sirene schrillte auf. Ein Haus stand in Flammen. Eine Stadt brannte ab.
Bernhard lockerte seinen Zugriff etwas. Die Hand des Mädchens bewegte sich vorsichtig; aber sie wollte nicht fliehen.
Was nun?, überlegte er. Der Griff seiner Hand wurde wieder fester. Er starrte auf die Leinwand, wo Licht und Dunkel einander hetzten. Er fühlte, das Mädchen wartete auf etwas. Sie lächelte. Lachte sie ihn aus? Was sollte er sagen? Was tun?
Claudia, dachte er; aber der Name war ihm fremd geworden. Er selbst war sich fremd geworden. Erst am Schluss des Filmes, als das Licht im Saal schwach aufleuchtete, gab er ihre Hand frei. Er rannte nach draußen. Von der Straße aus, in einem zerbombten Keller verborgen, beobachtete er die Menschen, die aus dem Kino kamen. Er wartete gespannt auf ihr

Gesicht. Ihre Hand, die er über eine Stunde gehalten hatte, wollte er noch einmal sehen. Es traten viele Mädchen auf die Straße, aber er konnte *sie* nicht herausfinden. Dann war er allein. Er meinte, die im Tiefflug aufheulenden Flugzeugmotoren zu hören, warf sich in den Schutt und deckte die Hände über den Hinterkopf.

Spätabends kam er nach Hause. „Kind“, sagte die Mutter. „Wo kommst du her? Junge!“

Bernhard verbarg sich in ihren Armen, ließ sich von ihrem warmen Atem streicheln.

Am nächsten Tag aber war er wieder auf der Straße. Von nun an suchte er dieses Mädchen, von dem er alles ahnte und nichts wusste.

Wildtöter

Schon seit Stunden trommelte der Regen auf das Schuppendach.

Der Junge saß auf einem umgekippten Hackklotz inmitten alten Werkzeugs und Gerümpels. Er hatte den Kopf in die Hände gestützt und sah durch das zerschlagene kleine Fenster. Hinter ihm, hinter der Schuppentür, befand sich das kalte, ziegelrote Haus, in dem er mit seinen Eltern seit einer Woche wohnte. Der Schuppen stand schief auf dem winzigen, mit runden Steinen gepflasterten Hof, der immer mit Wäsche behangen war. Vor dem eingeschlagenen Fenster des Schuppens, in dem Viereck, das die umstehenden Häuser freiließen, lag eine Fabrik, in der Krankenfahrzeuge hergestellt wurden, und von frühmorgens bis spätabends klirrte dort Eisen gegen Eisen. Mitten im Fabrikgelände stand ein unbenutzter, zur Hälfte abgerissener Schornstein wie ein alles überragender drohender Finger. Der Junge spuckte durch das Fenster auf den Schornstein zu. Ihm war kalt, er war allein, er deckte sich einen der herumliegenden Kartoffelsäcke über die nackten Beine und weinte. Die Häuser der Stadt standen für den Jungen beängstigend eng und hoch, und die Tag und Nacht andauernden Geräusche auf den Straßen ließen ihn

unruhig horchen; vergeblich versuchte er sie zu unterscheiden. Der Geruch nach Benzin und Rauch war ihm widerlich, und manchmal hustete er dagegen an. Wohin er auch gelaufen war, er hatte immer nur ein Stück Himmel gesehen, eingerahmt von schmutzigen Steinen. Er sehnte sich zurück in sein Dorf, zu den vierhundertundzwölf Häusern, von denen er jedes kannte und auch die Menschen, die darin wohnten. Er dachte wehmütig an die Wiesen, auf denen im Frühjahr das eiskalte Hochwasser stand, durch das sie mit hochgekrempelten Hosen gewatet waren, bis ihre Füße blau und gefühllos wurden. Unerreichbar waren für ihn die sonnenheißen Felder, auf denen sie barfuß über die Stoppeln gelaufen waren, sich den Schmerz verkneifend, wenn es ihnen nicht gelang, die kurzen Halme niederzutreten, oder wenn ein spitzer Stein in die Fußsohlen stach. Unerreichbar auch die Teiche nahe des Dorfes hinter dem Auenwald, in ihnen hatten sie geangelt und seine selbst geschnitzten Schiffe schwimmen lassen. Und über allem, was er liebte, hatte der Himmel wie ein großes, schützendes Zelt gestanden.
Der Junge wischte sich mit den Fäusten die Tränen aus dem Gesicht, er griff sich sein Schnitzmesser und das schöne Stück Schnitzholz, das er aus seinem Dorf mitgenommen hatte; aber er legte beides wieder weg, es erschien ihm sinnlos, ein Schiff

zu schnitzen, das hier im Schuppen nur herumstehen würde.
Der Junge sah zu dem grau gestreiften Kater, der auf dem Dach eines der Fabrikschuppen unter einem Brett vor dem Regen Schutz gesucht hatte. Der Kater lag unbeweglich, aber der Junge kannte die Katzen, er wusste, dass der Kater halb schlafend, mit fast geschlossenen Augen ausruhte und doch alles, was um ihn herum geschah, bemerkte. Dem Jungen war seine Hündin Zeila lieber gewesen als alle Katzen der Welt. Er hatte nie verstanden, dass die Bauern ihn und Zeila hänselten wegen Zeilas unbekannter Eltern; sie hatten gelacht und gesagt, Zeila müsse eine Mischung von Bernhardiner und Rehpinscher sein; aber der Junge hatte sie nur verächtlich angesehen, wenn sie aufgeblasen und belehrend von den Stammbäumen ihrer Wach- und Jagdhunde sprachen. Zeila war mutig und klug gewesen, nur das galt und war für ihn wichtig. Mit ihr hatte er an froststarren Neujahrsmorgen auf den Feldern die misstrauischen Krähen gejagt, sie hatte ihn zur Schule gebracht und abgeholt, an seinen Geburtstagen hatten sie sich sein Stück Torte geteilt, und Zeila war traurig gewesen, wenn er traurig war, und froh, wenn er froh war. Die Hündin Zeila war seine Freundin gewesen.
Der Junge trat ans Fenster, er nahm einen abgebrochenen Schaufelstiel, schob ihn vorsichtig durch die

Fensteröffnung in Richtung des Katers und rief: „Peng! Peng, peng! Peng!“
Und er schrie wütend und verzweifelt: „Peng, peng!“, und er warf den unnützen Schaufelstiel weg. Er wusste, dass der Kater schon, bevor er den Stock aus dem Fenster geschoben hatte, weggesprungen war. Im Geviert des Fensters ragte der Schornstein höhnisch in den Himmel und verdeckte ihn fast völlig.
Das Regengeräusch auf dem Schuppendach war schwächer geworden und verstummte schließlich. Der Junge ging aus dem Schuppen über den Hof durch das Haus und vor dem Haus hockte er sich unter der Hecke auf einen Stein. Er beobachtete die Jungen und Mädchen, die auf der anderen Straßenseite miteinander Ball spielten und auf dem Rennrad des Schwarzen für ein Zehnpfennigstück einmal ums Häuserviereck fahren durften. Der Schwarze und einige andere waren aus seiner neuen Klasse. Gleich am ersten Tag, noch bevor der Unterricht begonnen hatte, hatten sie ihn in ihre Mitte genommen, und der Schwarze hatte ihm, wie er sagte, „Testfragen“ gestellt: Ob er petzen würde. Ob er beim Fußball Bayern- oder Dortmund-Anhänger wäre. Ob er ein Mountain Bike oder ein Rennrad hätte. Der Schwarze war ein kräftiger Junge mit schwarzem, nach Creme duftendem Haar, und er hatte zu jeder Frage seine geballten

Fäuste erhoben und sie ihm unter das Kinn gehalten. Der Neue hatte sich gefürchtet, er hatte nur immer den Kopf geschüttelt oder genickt, wie der Schwarze es wollte, und der Schwarze hatte ihn an die Wand in eine Ecke geschoben, wo in verschiedener Höhe die Größe aller Jungen der Klasse mit Bleistift angekreuzt war. Der Junge hatte sein Kreuz in den untersten Bereich bekommen und, nachdem der Schwarze ihm die Oberarme befühlt hatte, ein „s“ dazu, was schwach bedeuten sollte.

Der Junge saß starr in der nassen Hecke. Er fürchtete sich vor dem Schwarzen, aber noch mehr sehnte er sich danach, bei den Jungen und Mädchen zu stehen und mit ihnen zu spielen. Doch er getraute sich nicht hinüber zu ihnen, er konnte ihre höhnischen Rufe nicht ertragen, die wie Trompetenstöße aufgellten, wenn sie ihn nur sahen. Sie riefen ihn „Clapps Liebling“, „Bosco Flaschenbirne“ oder „Gute Luise“.

Der Junge biss sich auf die Lippen, bis er sein Blut salzig schmeckte; er wollte nicht schon wieder heulen. Seit seinem dritten Tag hier in der Stadt riefen sie ihn so. Er hatte im Biologieunterricht etwas über Bäume erzählen sollen, und er hatte von diesen Birnensorten gesprochen, von ihrer Bestäubung durch die Pollen anderer Birnensorten, von ihrer Pflück- und Genussreife und der Haltbarkeit. Er war froh gewesen, dass er diese erste Frage, die an ihn gestellt wurde, so gut beantworten konnte, und er hatte eine Eins dafür bekommen. Aber die Klasse hatte in der Pause über ihn gelacht, ein schreckliches Lachen, das schlimmer als Schläge war, und sie riefen ihn seitdem mit den Namen dieser Birnensorten. Er hatte Vater und Mutter von seinem Kummer erzählt, der Vater hatte ärgerlich abgewinkt und gesagt, dass er jetzt ganz andere Probleme in seinem neuen Betrieb habe, und er sollte sich doch wie ein Mann benehmen und über diesen Unsinn lachen. Sie müssten alle erst in der Stadt einen Anfang finden. Aber der Junge konnte nicht darüber lachen, auf dem Dorf hatten ihn seine Freunde mit seinem Namen gerufen: Werner, manchmal auch Werni oder Werne, je nachdem, ob sie miteinander im Streit lagen oder sich vertrugen. Das hatte der Junge verstanden, aber warum die Kinder hier ihn so riefen, das begriff er nicht, doch lauerte hinter diesen Worten für ihn etwas Böses. Schon im Dorf hatte der Junge sich in seinen Gedanken Wildtöter genannt, nach dem Helden des Buches, das immer auf seinem Nachttisch lag, und nur seine Mutter wusste davon, weil sie manchmal gehört hatte, wie er in seinen Träumen mit sich selbst sprach. Und die Mutter wusste jetzt auch nichts zu sagen, was ihm hätte helfen können. Sie fasste ihm nur unters Kinn, schaute ihn sorgenvoll an, wie sie ihn fast immer ansah, weil er ihr zu wenig aß und zu dünn war, und sie sagte: „Es wird schon alles gut."

Der Junge saß mutlos auf dem Stein unter der Hecke, er dachte, dass von allein nichts gut würde, dafür musste er etwas tun. Aber was? Er schloss die Augen, spannte seinen Körper und wünschte sich, dass etwas passierte, das ihn und seine Eltern wieder zurück in sein Dorf brachte. Aber so fest er seine Muskeln anspannte, so lange er seine Augen auch schloss, nichts geschah, nur das Wasser tropfte aus der Hecke in seinen Nacken, und von der anderen Straßenseite klangen Lachen und übermütige Schreie herüber.

Der Junge hielt es nicht mehr aus unter der Hecke, denn wie sehr er den Spott der Kinder auch fürchtete, es wuchs sein Verlangen, bei ihnen zu sein. Er sagte leise und wie beschwörend zu sich: „Wildtöter." Dieses Wort, zum ersten Mal bewusst und hörbar gesprochen, erregte ihn, und er sah sich groß gewachsen in brauner Lederkleidung, den Patronengurt um die Hüfte geschnallt und das Gewehr in den Händen; er würde furchtlos gegen alles Böse kämpfen.

Wildtöter rannte über die Straße und stellte sich unter die Jungen und Mädchen, die ihn verwundert ansahen, denn gewöhnlich war er ihnen nach der Schule immer aus dem Weg gegangen, wenn er sie nur von weitem sah. Wildtöter wollte sich ganz ungezwungen geben, ganz natürlich, und natürlich war es doch auch, hier bei denen zu sein, die mit ihm in eine Klasse gingen und in der Nachbarschaft wohnten. Er trat an den Ball, der zufällig auf ihn zusprang, er erwischte ihn ungeschickt, der Ball traf eins der Mädchen an der Stirn. Wildtöter trat zwei Schritte erschrocken auf das Mädchen zu, dann spürte er, dass alle ihn ansahen. Er sagte: „Du, das wollte ich nicht ...“ Das Mädchen lachte und sagte: „Macht doch nichts, pah, so ein Ball.“

Die Kinder standen im Kreis um Wildtöter. Der Schwarze gab einem der Jungen sein Rennrad zum Halten, und er stellte sich dicht vor Wildtöter. Er fragte: „Na, was willst du?“

„Nichts“, antwortete Wildtöter, und er wusste wirklich nicht mehr, was er hier wollte, als er hoch in die lauernden Augen des Schwarzen blickte.

„Mit dir will keiner mehr was zu tun haben“, sagte der Schwarze und schaute sich unter den Jungen und Mädchen um, „du bist schlimmer als eine Petze. Du bist ein Verräter!“

Wildtöter wollte zurück ins Haus, aber der Kreis um ihn war eng geschlossen und zu seinen Füßen lag unbeweglich der Ball.

„Du musstest ja quatschen in der Biologiestunde!“, schrie der Schwarze. Dann wurde seine Stimme leiser: „Obwohl wir dir gesagt hatten, bei der Ziegler, die uns den Ausflug in die Heide verpatzt hat, bei

der meldet sich keiner ..." Und jetzt schrie er wieder: „Du musstest ja quatschen von deinen matschigen Birnen!"
Die Kinder lachten wie toll, jemand hatte an den Ball getreten, der stieß an die Beine, zuckte im Kreis hin und her.
Als sie sich beruhigt hatten, dachte Wildtöter, dass er etwas tun musste, alles war doch anders gewesen, und er sagte: „Aber sie hat mich doch gefragt."
Der Schwarze drehte sich verächtlich weg. Er hielt sich mit beiden Händen die Nase zu, sprang auf einem Bein umher und rief: „Leute, das stinkt ja nach Dorf, nach Mist, nach Hühnerschiiiiet!" Die Kinder liefen auseinander, stießen sich den Ball zu, pfiffen und kreischten und riefen: „Clapps Liebling!", „Bosco Flaschenbirne!", „Gute Luise!".
Wildtöter sah zu den Häusern hoch, in denen sich die Fenster öffneten und die Leute wegen des Lärms nach unten schauten, und ihm war, als fielen die Häuser und dieses Stück schwerer Himmel auf ihn herab und erdrückten ihn. Er wünschte sich tot, er wollte nichts mehr hören und sehen und fühlen, und er wollte weg und stand wie angewachsen auf der Straße. Doch plötzlich rannte er los, von einem zum anderen, und beschimpfte die Kinder mit dünner, sich überschlagender Stimme. Die kreischten und lachten nur noch lauter und schrien: „Flaschenbirne!", „Clapps Liebling!".

Wildtöter floh, er hetzte über die Straße ins Haus, die Treppen hinauf in die Wohnung, wo er sich in seinem Zimmer atemlos auf den Stuhl nahe der Tür setzte und nach der Treppe horchte.
Erst viel später, als er sich etwas beruhigt hatte, stellte er sich ans Fenster. Unter ihm lag das Fabrikgelände, die frisch geteerten Schuppendächer, die Karren mit Eisenteilen, das Stück Rasen, auf dem die Arbeiter bei schönem Wetter lagen und ihr Frühstück und Mittagbrot aßen. Den Schornstein umflatterten die Sperlinge.
Wildtöter sah wieder den gestreiften Kater, der geduckt im Schutz der Mauern zu den Abfallkübeln lief. Dort stand er lange regungslos, bis er auf einen Kübel sprang und nach etwas zu fressen wühlte. Er zog ab mit etwas im Maul, das er auf dem Weg, den er gekommen war, bis in den Schuppen trug, in dem Wildtöter noch vor einer Stunde gesessen hatte.
Wildtöter dachte, dass der Kater einsam war wie er und im Schuppen einen Ort gefunden hatte, wo ihn niemand mit Steinen bewarf.
Am nächsten Morgen, vor dem Schulweg, goss er von seiner Milch etwas in eine Schale und stellte sie in den Schuppen. Während der Schulstunden war er unaufmerksam und unruhig, und nach dem Unterricht rannte er bis nach Hause. Er fand die Schale ausgeleckt. Jubelnd warf er seine Schultasche bis zum Schuppendach und stoppte sie mit

dem Fuß wie einen Ball. Von nun an stellte Wildtöter jeden Morgen eine Schale mit Milch in den Schuppen, und in eine andere Schale legte er die Wurst von seinen Broten. Kam er von der Schule nach Hause, war sein erster Weg in den Schuppen, und immer fand er die Schalen leer. Aber nie gelang es ihm, den Kater von nahem zu sehen. Am Sonntag versteckte sich Wildtöter im Schuppen in einem alten morschen Schrank, durch dessen Tür er in Augenhöhe ein Loch gestoßen hatte. Nach einer Stunde vergeblichen Wartens sah er den Kater durch das Fenster einsteigen, Pfote vor Pfote setzend, mit den Augen und Ohren sichernd, wieder und wieder vor jedem Schritt. Der kurze buschige Schwanz schlug geräuschlos hin und her. Wildtöter hatte noch nie so einen Kater gesehen: Der Körper des Tieres war sehr kräftig und gedrungen, das Fell war lang und seidig, hellgrau mit tiefschwarzen Streifen, und der Kopf war ungewöhnlich groß, mit bald gelb, bald grün schimmernden Augen und langen Tasthaaren an Oberlippe, Kinn, Backen und über den Augen.
Als der Kater Milch und Wurst erreicht hatte, sicherte er noch einmal nach allen Seiten, dann beroch er beides und begann die Wurst zu fressen, und zwischen den Bissen blickte er auf. Seine Ohren waren auch während des Fressens immer in Bewegung, um das leiseste Geräusch wahrzunehmen,

denn es konnte für ihn Kampf oder Flucht bedeuten.
Wildtöter versuchte die Schranktür geräuschlos zu öffnen, er wollte endlich mit dem Kater Freundschaft schließen, mit ihm sprechen, ihm von seinen Sorgen erzählen und seine Wärme spüren. Aber bei der ersten Bewegung sprang der Kater mit einem Satz auf einen Bretterstapel, blieb dort geduckt liegen, mit erhobenem Schwanz, die Ohren flach am Schädel; die Oberlippe war zur Nase gezogen und legte die weißen spitzen Zähne frei, und ein scharfes Zischen schlug Wildtöter entgegen. Wildtöter zog die Schranktür zu, und der Kater sprang aus dem Fenster.
Drei Tage blieben die Wurst und die Milch unberührt, und Wildtöter wurde noch trauriger und noch einsamer. An die abweisend kalte Stadt konnte er sich nicht gewöhnen, und die Kinder mied er, weil der Schwarze immer bei ihnen war. Er fürchtete seine Fäuste, aber mehr noch seine Worte. Doch Wildtöter sehnte sich nach Freunden, in ihm war so viel Unausgesprochenes, und jeden Tag erlebte er Neues. Seine Freunde waren weit weg im Dorf. Er war es nicht gewöhnt, allein zu sein und nichts zu tun, er musste Freunde um sich haben, für die er etwas tun konnte, so hatte er immer gelebt. In den letzten Tagen hatte er oft nach seinem Schnitzmesser gegriffen, aber immer hatte

er es wieder weggelegt. Warum und für wen sollte er dieses Schiff schnitzen? Im Dorf hatten fast alle Kinder mit Schiffen von ihm gespielt, sie waren mit ihnen zu den Teichen in den Wiesen gelaufen, sie hatten sie über den Ozean von Land zu Land schwimmen lassen mit Post füreinander.
Obwohl der Herbst in diesem Jahr warm und sonnig war, erschienen Wildtöter die Tage dunkel und er fror ständig. Er kaufte von seinem ersparten Taschengeld eingedickte süße Milch und mageres Rindfleisch, das er in kleine Würfel schnitt, und auch zwei Schalen kaufte er, da die Mutter die beiden alten schon gesucht hatte.
Endlich, nach vier Tagen, nahm der Kater seine Mahlzeiten wieder an. Wildtöter suchte nach einer anderen Möglichkeit, sich mit ihm näher bekannt zu machen. Er wusste, der Kater war wie alle Katzen misstrauisch, er war es besonders, er lebte wild in den Höfen und ernährte sich von Abfällen, Mäusen und Ratten, und er musste sich mit seinem wachsamen Misstrauen gegen manche Menschen schützen, die ihn aus sicherer Entfernung mit Steinen bewarfen und sich ihres Sieges freuten. Aber Wildtöter wollte noch mehr, noch viel mehr wissen über das Leben des Katers, der sein Freund werden sollte. Er lieh sich aus der Bibliothek Bücher über Katzen, und er las darin über ihre Stammesgeschichte, über ihre Art zu leben als Einzelgänger,

über ihre scheue Zurückhaltung und ihren Mut und ihre Schönheit. Wildtöter fand nicht viel in den Büchern, was er nicht schon selbst gewusst oder dessen Zusammenhänge er nicht insgeheim geahnt hätte. Das Wesen der Menschen und Tiere war ihm nie etwas Unsichtbares und Verborgenes gewesen, auch wenn die Menschen es manchmal zu verbergen versuchten. Oft beobachtete er Menschen und Tiere, er sah zu, wie sie lebten. Das war immer wieder ein neues spannendes Abenteuer für ihn. Er hatte schon früh erkannt, dass die Tiere bestimmten Gesetzen, die ihrer Art von der Natur auferlegt waren, folgen mussten, wenn sie weiterleben wollten; aber die Menschen machten sich ihre Gesetze selbst, Gesetze, nach denen sie gut miteinander leben konnten. Dafür waren bei den Menschen mehr Überraschungen möglich als bei den Tieren; ihrer Freundschaft und Treue war man nie endgültig sicher, sie wollten immer wieder neu gewonnen werden.

Wildtöter hatte nie verstehen wollen, dass man heute noch gut Freund sein konnte und schon morgen, wenn man über etwas in Streit geriet, sich Feind war. Im Dorf hatte er es oft genug erlebt, und er war darüber immer wieder enttäuscht gewesen. Der Lehrer Raisner war immer gut Freund mit Schweinekönig Störme gewesen, sie hatten manchmal im Krug zusammen getrunken und oft gemeinsam geangelt, und zur Kirmes führten sie stets eine Akrobatiknummer auf, sie liefen auf den Händen, zeigten den freien Kopfstand und warfen sich zum Salto durch die Luft. Zwei Jahre lang waren sie gute Freunde, bis zu dem Tag, an dem die „tolle Ulrike" ins Dorf kam und mit ihrer Staffelei umherlief und Menschen und Tiere mit vielen Farben malte. Seit sie gekommen war, hatten sich Raisner und Störme seltener getroffen, bis sie sich aus dem Weg gingen, ohne zu sagen, warum. Jeder war mit Ulrike in die Stadt zum Tanz gegangen, jeder hatte sie heiraten wollen, und als Ulrike nach diesem Sommer mit ihren neuen Bildern wieder zu ihrem Mann in die Stadt zog, da hatten der Lehrer Raisner und der Schweinekönig Störme sich gegenseitig vorgeworfen, nicht wie ein wahrer Freund gehandelt zu haben. Sie hatten sich angesehen wie Feinde. Wildtöter begriff nicht, dass eine Freundschaft so leicht zerbrechen konnte. Beide liebten doch noch immer die Angelei in den stillen Wiesenteichen, sie lebten doch gern im Dorf, waren beide die Ersten, wenn sie gebraucht wurden, und sie hatten sich aufeinander verlassen können, wenn sie sich zum Salto in die Luft warfen – aber jetzt kannten sie sich nicht mehr. Erst nach einem Jahr, nach so langer Zeit, nach einem Brand in der großen Scheune, den sie mit gelöscht hatten, hatten sie wieder miteinander zu sprechen begonnen, und ein halbes Jahr musste noch vergehen, ehe sie wieder zusammen angelten. Da hatte es Wildtöters Freundschaft mit der Hündin Zeila leichter gehabt, sie hatten einander immer verstanden, es hatte nie Streit gegeben, sie waren sich einander immer sicher gewesen, bis auf dieses eine Mal ... Aber daran wollte Wildtöter sich nicht erinnern. Zeila war tot, er hatte sie an ihrem Lieblingsplatz in den Wiesen unter der Buche begraben.

Wildtöter stellte das Fressen jetzt immer erst mittags, wenn er aus der Schule kam, in den Schuppen. Er spielte dann in der Nähe, um den Kater an seine Gegenwart zu gewöhnen. Der Kater merkte bald, dass ihm von Wildtöter keine Gefahr drohte, aber er blieb trotzdem wachsam. Bald konnte Wildtöter in der geöffneten Schuppentür stehen und zusehen, wie der Kater fraß, aber er durfte sich nicht näher heran bewegen. So sprach er mit ruhiger, schmeichelnder Stimme: „Du Kater, du willst doch mein Freund werden ... Du bist ein feiner Kerl, du hast starke Zähne und Krallen und ein glänzendes Fell ... du, mein Kater, habe ich dir schon erzählt, wie wir meine Rindenschiffe haben von Rostock nach Afrika fahren lassen? Hör mir gut zu, Katerchen ...“

Wildtöter erzählte seine Geschichten, alte und neue, erdachte und wahre, und der Kater saß auf dem Bretterstapel nahe dem Fenster und leckte sich sein Fell glatt; er befeuchtete seine Pfoten und

strich mit ihnen über die Ohren, die Backen und das Kinn.
Wildtöter suchte einen Namen für den Kater, aber ihm wollte kein passender einfallen; er kannte ihn noch zu wenig. Eines Nachts wurde er wach, er hatte einen schlechten Traum gehabt: Er hatte vor dem verschlossenen Klassenzimmer gestanden, und niemand hatte ihm geöffnet, so sehr er auch gegen die Tür schlug. Wildtöter fürchtete sich, wieder einzuschlafen, und er öffnete weit das Fenster. Die Wolken zogen in dunklen Scharen über den Mond hinweg, aber sie konnten sein Licht nicht löschen, immer wieder flackerte es auf und tauchte das Fabrikgelände und den Hof mit dem Schuppen in blendendes Gold und morastige Schatten.
Wildtöter hörte aus dem Dunkel Schreie wie von kleinen Kindern, ein Keifen und Zischen, das Fallen von Blechen – dann war es still, und er sah seinen Kater auf dem Schuppendach, und ein anderer Kater kratzte die Wände hoch, ein großer cremefarbener Kater. Im Abstand von einem Meter belauerten sich die beiden, ihre Buckel krümmten sich, die Schwänze waren steil hoch gestellt, beide hoben warnend eine Pfote. Plötzlich schien das Grau und Gelb ihrer Körper ineinander zu fließen, ein Pfeifen und Kreischen hallte durch die Höfe, die Kater rollten ineinander verhakt über das Dach, dann lagen sie wieder knapp voneinander entfernt;

ihre Schwänze klopften auf das Schuppendach, sie zischten sich an mit ihrem heißen Atem, beide bereiteten sich auf einen neuen Angriff vor. Aber dann sprang der Eindringling, der Fremde, davon, und Wildtöters Kater hetzte nur ein paar Sprünge hinterher, lief noch eine Weile unruhig sichernd auf und ab, bis er sich setzte und seine Wunden zu lecken begann.

Wildtöter schlief unruhig in dieser Nacht, immer wieder wachte er auf und sah das Bild der ineinander verbissenen Kater. Der Kampf hatte ihn zutiefst erregt, er fühlte sich schwach, als hätte er gekämpft um seinen Besitz wie der Kater um seinen Lebensbereich. Er bewunderte den Mut und die Gewandtheit des Tieres, das ihm durch seine Tapferkeit noch lieber geworden war. Er selbst hatte es immer geschafft, Prügeleien aus dem Weg zu gehen, es war ihm auch nie etwas so wichtig gewesen, dass er sich dafür geschlagen hätte. Nichts? Er musste wieder, wie in letzter Zeit sehr oft, an Zeilas Tod denken, aber es gelang ihm, sich abzulenken, indem er weiter nach einem Namen für seinen Freund suchte.

Wildtöter nannte ihn schließlich „Vielfraß“, nach dem größten der Marder, dessen Kopf dem eines kleinen Braunbären recht ähnlich war und der etwa die Höhe eines mittelgroßen Hundes erreichte und bis zu vierzig Pfund schwer wurde. Er hatte im

Fernsehen einen Film über den kleinen braunen Teufel gesehen, der ihn in Erstaunen versetzt hatte. Sein Hunger schien unstillbar wie der des Katers, er fürchtete sich vor nichts, vertrieb sogar ein Rudel Wölfe von ihrer Beute, kletterte auf die höchsten Bäume und nahm den Kampf mit einem Adlerpärchen auf, das sein Nest verteidigte. Nichts liebte der Vielfraß wohl mehr als seine Freiheit, und wurde er gefangen und im Zoo gehalten, starb er oder strich ruhelos an den Gitterstäben entlang. Wildtöter wünschte sich etwas von dieser Furchtlosigkeit zu besitzen, um gegen alles Böse kämpfen zu können. Wenn es darauf ankam, sich entschieden für oder gegen eine Sache zu bekennen, war er immer ausgewichen und hatte versucht, mit allen in Freundschaft zu leben, und das war ihm meistens geglückt, bis er nun in diese fremde Stadt gekommen war.

Wildtöter und Vielfraß wurden gute Freunde. Sie saßen oft stundenlang im Schuppen zusammen und sprachen miteinander, und Wildtöter erzählte von seinem Dorf, von seinem Heimweh nach den Wiesen und Feldern, und er sprach vom Schwarzen und den Kindern hier, die ihm wie diese Stadt fremd und unbegreiflich blieben. Vielfraß war ein aufmerksamer Zuhörer, den nichts erschreckte, dessen Ruhe sich wohltuend auf Wildtöter übertrug. Vielfraß liebte es nicht, hochgenommen und in den

Armen festgehalten zu werden, jede übertriebene Zärtlichkeit war ihm unerträglich, er war stolz und frei, er war sein eigener Herr und Diener. Recht war ihm, dass Wildtöter leise, fast singend mit ihm sprach und ihm dabei seinen von zahlreichen Kämpfen zernarbten Kopf kraulte. Dann schnurrte er laut und rau und er legte eine Pfote auf Wildtöters Arm und drückte vorsichtig seine Krallen auf die Haut. Wenn Wildtöter nichts mehr zu erzählen wusste, legte Vielfraß seinen Kopf auf die gekreuzten Vorderpfoten und sah Wildtöter aus seinen grünen Augen an.

Wildtöter dachte dann nach über das Leben, das der Kater führte. Es war erfüllt von Kämpfen und es war voller Härte, auch gegen sich selbst. Aber etwas fehlte Wildtöter in Vielfraß' Leben: Der Kater hatte unter seinesgleichen keine Freunde. Wildtöter bedauerte ihn deshalb. Und noch etwas: Alles, was Vielfraß in seinem Leben tat, tat er nur für sich, nützte nur ihm selbst. Das enttäuschte Wildtöter sehr, er konnte sich ein Leben ohne Freunde nicht vorstellen. Wildtöter brauchte Menschen, wie er das Brot, das Wasser und die Sonne brauchte. Für ihn war der grün schillernde Käfer, den er nach langem Suchen in den Wiesen entdeckt hatte, nur dann zum Erlebnis geworden, wenn er ihn hatte seinen Freunden zeigen können. Und über den Clown im Zirkus freute er sich erst richtig, wenn andere Menschen neben ihm saßen und mit ihm lachten. Auch seine Schiffe hatte er nur geschnitzt, damit alle mit ihnen spielen konnten.

Und doch lebten Wildtöter und Vielfraß als Freunde, die einander mochten und respektierten.

Der Winter schlich nass und kalt durch die Stadt, er machte die Tage dunkel und kurz, und in den Öfen prasselten die Feuer, aus Tausenden Essen zogen graue Rauchschwaden steil in den Himmel.

Wildtöter hatte noch immer nicht die Freundschaft der Kinder gefunden. In der Schule hatten sie sich an ihn gewöhnt. Wildtöter war still, er sprach nur, wenn er gefragt wurde, und er fiel nie durch eine besonders schlechte oder gute Leistung auf, er sagte und tat nie etwas, was die anderen erstaunt hätte. Die Lehrer und auch die Kinder bemerkten ihn kaum noch; er war da und er war auch nicht da. Durch ihn hatten sie keine Freude und auch keinen Ärger, wo er war, passierte nichts. Aber gerade das liebten die Jungen und Mädchen, dass immer etwas Neues geschah, was sie zur Entscheidung herausforderte, an dem sie ihre Kräfte messen konnten. Sie brauchten die Bewegung um sich herum, die sie selbst erzeugten. Sie wollten rennen, lachen, heulen, schreien, sie wollten außer Atem sein und suchten hinter allem, was ihnen begegnete, das große Abenteuer. Und die Stadt übte einen großen Zauber auf sie aus, jeden Tag geschah hier etwas, zu

dem sie sich ihre Meinung bilden mussten: Die Leute sprachen darüber, ob es richtig war, wegen des Baus einer Fernstraße ein Wäldchen mit alten Platanen wegzubaggern; die Polizei suchte einen Serienmörder; alle Kinder halfen den Erwachsenen, den Schnee aus der Stadt zu schaffen; Winnie, ein Junge aus Wildtöters Klasse, hatte vorgeschlagen, für das gesparte Geld aus der Klassenkasse ein Fahrrad für Kinder aus ärmeren Ländern zu kaufen; Gitta aus der Parallelklasse hatte im Einkaufsmarkt Pralinen gestohlen und in der Klasse verteilt ... Immer war da etwas, immer passierte da etwas, das sie nicht in Ruhe ließ, und sie mussten etwas dafür oder dagegen tun.
Wildtöter lebte unter ihnen, ohne dass er an ihren Sorgen und Freuden Anteil hatte. Er bemühte sich darum, aber es gelang ihm nicht. Aufdrängen wollte er sich nicht und sie kümmerten sich nicht um ihn. Womit hätte er ihnen schon imponieren können? Er boxte nicht, konnte nicht auf den Händen laufen, er war kein Mathe-Ass, und zu den Schulfeiern konnte er nicht wie Hendrik auf dem Klavier die Sonate E-Dur von Scarlatti spielen, und er hatte auch kein teures italienisches Rennrad wie der Schwarze, womit er die Kinder hätte an sich ziehen können. So blieb Wildtöter traurig und gehemmt. Auch die Freundschaft mit Vielfraß konnte ihm die fehlende Nähe zu den Kindern nicht erset-

zen, aber sie ließ ihn nie ohne Hoffnung auf den nächsten Tag. Seine Eltern, die ihn so nicht kannten, gingen mit ihm zum Arzt, doch er fand Wildtöter nur etwas mager, aber gesund, und sie atmeten beruhigt auf und fragten ihn immer wieder, was er hätte. Aber Wildtöter erzählte ihnen nichts, er wusste, dass Vater Sorgen in seinem Chemiebetrieb mit der Entwicklung eines neuen Düngemittels hatte und dass Mutter sich krank fühlte, seit sie vom Stall ins Büro gewechselt war, und er kannte ihre Antworten im Voraus: „Das wird alles, mein Junge. Bist doch ein Mann. Die anderen kommen schon, wenn sie dich brauchen."
Sie brauchten ihn nicht! Das ließ Wildtöter manchmal verzweifeln und er heulte ins Kissen; er dachte sich aus, dass er so boxen könnte wie der Amerikaner Roy Jones, der Weltmeister in fast allen Boxverbänden war und als der weltbeste Fighter galt, oder er wünschte sich ein Motorrad, eine *Sukadi* vom allerfeinsten, hundert PS oder gar hundertdreißig PS, auf dem er alle Kinder mitfahren lassen würde, solange sie wollten.
Langsam schleppten sich die Tage dahin, und Wildtöter hoffte auf das Frühjahr, das die Nässe und das Grau aus der Stadt treiben und ihm Glück bringen sollte. Wildtöter hatte nun doch mit dem Schnitzen begonnen, er hatte es nicht mehr ausgehalten, nur dazusitzen und zu träumen, er wollte

etwas tun. Ein zweimastiges Segelschiff, eine Brigg sollte es werden, so schön, wie er vorher noch kein anderes Schiff geschnitzt hatte. Und Wildtöter saß mit Vielfraß im Schuppen und schnitt mit geschickten Händen das Holz. Der Kater schnurrte behaglich, auf dem Schuppendach knirschte das Eis.

Eines Morgens fand Wildtöter den Kater verletzt im Schuppen. Er lag auf dem Bretterstapel neben dem Schnitzholz und sein linkes Auge war eine blutige Wunde. Vielfraß atmete röchelnd, er fühlte sich heiß an; mühsam versuchte er zur Begrüßung den Kopf zu heben. Wildtöter heulte, er drückte seine Hände vor die Augen und wollte wegrennen, er stieß gegen die Wand; er wimmerte, ihm war, als fühlte er sein linkes Auge nicht mehr, es brannte und stach bis in die Stirn.

Endlich beruhigte er sich etwas und er hörte rufende Stimmen. Nachdem Wildtöter die Wunde ausgewaschen hatte, lief er fiebernd zur Schule. In der Pause erzählte der Schwarze, dass er am vergangenen Abend mit dem Luftgewehr aus der Hüfte eine tollwütige Katze erschossen hätte. Die Mädchen schüttelten sich und beschimpften ihn, und die meisten Jungen lachten und klatschten wie bei einem gemeinsam errungenen Sieg die Handflächen gegeneinander.

Wildtöter war es schwindlig geworden. Er hatte

sich in seine Bank gesetzt, und er sah die triumphierend blickenden Augen des Schwarzen, und er glaubte dessen Stimme zu hören, die sagte: Ich habe deinem Kater das Auge ausgeschossen. Wildtöter bildete sich ein, dass der Schwarze eigentlich auf ihn gezielt hatte, und eine Angst schüttelte ihn. Er fror und zugleich spürte er eine beklemmende Hitze.

Wildtöter saß zwei Reihen hinter dem Schwarzen, und eine Stunde lang wollte er aufspringen und sich auf ihn stürzen, er dachte nicht mehr an den Lehrer, wusste nicht mehr, dass er im Klassenzimmer saß, er sah nur noch den kräftigen Rücken des Schwarzen – und er hatte Angst vor seiner Stärke. Wildtöter spürte eine Hand kühl auf seiner Stirn, und er hörte den Lehrer sagen, dass er Fieber habe, eine Erkältung, und der Lehrer ließ Wildtöter von einem Mädchen nach Hause bringen.

Wildtöter hielt es nicht aus im Bett, er ging in den Schuppen und erzählte Vielfraß, was für ein Feigling er wäre. Der Kater zuckte nur mit seinem buschigen Schwanz. Die Sonne stand warm über dem Schuppen, das Eis taute, das Wasser tropfte vom Dach, und es klang wie eine leise befreiende Musik. Wildtöter hörte die Melodie, aber sie berührte ihn nicht; er hatte so lange darauf gewartet, doch jetzt erklang sie nicht für ihn. Er biss sich in die Fäuste. Er verabscheute sich, seinen schmächtigen Körper,

seinen kleinen Wuchs und seine Schwäche, die es ihm unmöglich machten, für das Recht zu kämpfen. Jetzt schaffte er es auch nicht mehr, die Wahrheit über den Tod seiner Hündin Zeila aus seinen Gedanken zu verdrängen: Er war mit Zeila vom Baden gekommen. Vor dem Dorfkonsum hatte Peterseims Dogge, die sich losgerissen hatte, Zeila angefallen. Zeila, seine Freundin, hatte tapfer gekämpft gegen den riesigen schwarz gefleckten Hund. Und er, er hatte mit fast geschlossenen Augen hinter einem Baum gelehnt, er hatte nichts getan, nichts, und dann hatte seine Zeila mit zerbissener Gurgel im aufgewühlten Staub der Dorfstraße gelegen. Er hatte sich hinter dem Baum erbrochen.
Wildtöter saß gekrümmt und zitternd neben Vielfraß und rief: „Ich hätte einen Stock nehmen müssen ... Ich hätte für Zeila kämpfen müssen!" Jetzt gestand sich Wildtöter ein, dass er Zeila feige im Stich gelassen hatte, als sie ihn am dringendsten brauchte. Und jetzt? Was war jetzt? Er hatte mit Vielfraß einen neuen Freund gewonnen und er saß hier und zitterte. Er musste etwas tun. Aber die Dogge hatte ungeheure Zähne gehabt, ein schwarzes großes Maul, Zähne wie Messer ... Und der Schwarze war stark, er war der größte und stärkste unter den Jungen, er hatte eckige, derbe Fäuste!
Wildtöter wusste, er durfte hier nicht so sitzen bleiben, sonst würde er nie wieder einen wirklichen

Freund haben können. Er musste etwas tun für Vielfraß. Er musste sich entscheiden, für oder gegen ihn. Er musste kämpfen. Zum ersten Mal in seinem Leben wollte er für etwas kämpfen.

Wildtöter stand auf. Er deckte dem Kater seinen Schal über den Körper, dann trat er aus dem Schuppen und stellte sich unters Dach. Das Wasser tropfte kalt auf sein Gesicht.

Er ging über den Hof, durch das Haus, über die Straße, er ging gerade auf den Schwarzen zu, der den Jungen und Mädchen einige Münzen aus der Sammlung seines Vaters zeigte.

Die Kinder sahen Wildtöter kommen, sie bemerkten sein verändertes Aussehen, sie traten zur Seite, und Wildtöter und der Schwarze standen sich gegenüber. Auch der Schwarze spürte, dass mit Wildtöter etwas geschehen sein musste, was ihn verändert hatte, und seine Erfahrung sagte ihm, erst einmal vorsichtig zu sein und abzuwarten.

Wildtöter sagte, und es erstaunte ihn, dass seine Stimme so ruhig klang: „Du hast Vielfraß – du hast meinem Kater das Auge ausgeschossen!"

Der Schwarze fuhr einen Schritt zurück. Er war so erschrocken, dass er Mühe hatte, die Münzen nicht fallen zu lassen; er dachte, dass er doch nur auf diesen ulkigen buschigen Schwanz gezielt hatte, ja, er hatte abgedrückt und die Katze war weggesprungen; nur um sich vor den anderen hervorzutun, hatte er in der Schule erzählt, er hätte eine tollwütige Katze erschossen. Jetzt stand dieser Kleine vor ihm und klagte ihn an, als hätte er einen Mord begangen. Der Schwarze sah sich Hilfe suchend um, sein Mund zuckte, er wollte davonlaufen. Seine Freunde sahen ihn an. Sie hatten immer zu ihm aufgesehen. Würde er jetzt wegrennen, würden sie nicht mehr auf ihn hören.

Langsam fand der Schwarze die Beherrschung wieder. „Der spinnt ja", sagte er zu den Jungen und Mädchen und er leckte seine trockenen Lippen, „der spinnt ja, Leute, Clapps Liebling spinnt ..."

Wildtöter stieß dem Schwarzen die Münzen aus der Hand und schlug auf ihn ein, mit geschlossenen Augen, rasend, er spürte es an den Schmerzen seiner Fäuste, wenn er getroffen hatte, und er schlug und schlug.

Der Schwarze war überrascht zurückgeprallt, er spürte nicht die Schläge im Gesicht und auf dem Körper, er sah nur die wertvollen Münzen seines Vaters über das Pflaster rollen.

Die anderen schrien nicht, und sie tanzten nicht wie sonst, wenn sich zwei von ihnen boxten, sie standen nur schweigend dabei.

Der Schmerz lenkte den Schwarzen von den Münzen ab und er parierte geübt den wilden Angriff Wildtöters; er schlug hart und gezielt auf das Kinn und den Magen.

Wildtöter fühlte seine Kraft schwinden, schon dreimal hatten ihn die Schläge des Schwarzen auf die Straße geworfen, doch er war immer wieder aufgestanden. Jetzt bekam er seine Fäuste kaum noch hoch, sein Kinn war aufgeschlagen, die Augen schwollen an, aber er schlug weiter um sich. Leute drängten sie auseinander. Wildtöter schlug noch, als sie ihn von der Straße ins Haus brachten.

Dann lag er neben dem Kater im Schuppen, ohne Kraft, zerschlagen, müde und glücklich. Vielfraß hatte inzwischen etwas von der Milch getrunken, und Wildtöter schien es, als lächle sein Freund ihm zu.

Wildtöter sah durch das Fenster den Schornstein, und er entdeckte, dass die Sperlinge zwischen seinen bröckligen Steinen ihre Nester hatten, und er sah den Himmel eigenartig zitronenfarben, und alles erschien ihm plötzlich interessant und entdeckenswert. Und wenn Vielfraß wieder gesund war, wollte er sich mit ihm die Stadt erobern, sie sollte seine Stadt werden, wie das Dorf sein Dorf gewesen war.

Spiegelscherben

Als Martin vierzehn Jahre alt war, zogen seine Eltern zum elften Mal um. In vielen Teilen des Landes hatten sie gelebt: aus Thüringen waren sie ins Brandenburgische gezogen, dann über das Badische nach Bayern. In so manchem Beruf hatten sie sich versucht, um zu Geld zu kommen. Doch meistens hatten sie in Gaststätten in der Küche oder als Kellner gearbeitet. Aus den Dörfern hatte es sie in die Städte getrieben, in denen sie sich nach kurzer Zeit zurücksehnten in die Geruhsamkeit kleiner Ortschaften. Wohnten sie in Stille und Abgeschiedenheit, suchten sie die Lautheit und die unruhevolle Bewegung großer Städte.
Martin war von den Eltern in dieses unstete Pendeln gezogen worden. So ein Umzug kündigte sich wie ein Sommergewitter an. Der Himmel war eben noch heiter, da brachte ein plötzlich einsetzender Sturm schwarze Wolken. Die Eltern schwiegen, dann stritten sie, und schließlich sagten sie Martin, dass sie noch nicht alt genug wären, um sich an einen Ort zu binden. Sie wollten die Welt kennen lernen und in der Stadt L. gäbe es Arbeit für sie und eine Wohnung. Martin verpackte seine Kleidung, Bücher und Spielzeug in Kartons und Kisten. Manchmal, in einem Keller oder auf einem Dach-

boden, weinte er. Mit jedem Umzug kamen erst einmal ein paar Wochen oder auch Monate, in denen die Eltern zufrieden waren. Lebten sie in einem Dorf, bestellten sie ein Stück Land, hielten sich eine Katze oder einen Hund und sprachen von einem Haus, das sie bauen wollten. Wohnten sie in einer Stadt, gingen sie zum Tanz und ins Kino, sie fühlten sich wohl in den belebtesten Straßen und sagten, dass Besitz nur Last sei.

Nun also waren sie ins Sächsische nach L. gezogen. Sie wohnten in einem der alten Mietshäuser, die klotzig und grau zwischen hellen Häuserfassaden zu beiden Seiten der Hauptstraße stehen. Am Tag ist der Lärm ohrenbetäubend und nur in den Stunden um Mitternacht ist Ruhe. In den Erdgeschossen reiht sich Laden an Laden, und an den Straßenecken gibt es Kneipen, die heißen *Zur Einheit*, *Bräustübl* und *Erholung*. Im Haus, in dem Martin mit seinen Eltern wohnte, war der Frisiersalon *Margareta* untergebracht. Vor dem Haus bis hinein in die Wohnungen roch es süßlich nach Haarwasser. Die Besitzer des Frisiersalons waren ein älteres Ehepaar, zu dem ein Junge in Martins Alter gehörte. Er hieß Peter.

Zum ersten Mal begegneten Martin und Peter sich im Hausflur. „Hallo“, sagte Peter, als würden sie sich schon lange kennen. „Wie geht’s denn so?“

Martin war überrascht von so viel Freundlichkeit.

Noch nie war ihm jemand so offen entgegengetreten. Bewundernd betrachtete er Peter. Der sah aus wie ein Indianerjunge. Seine Haare fielen bis auf die Schultern und glänzten schwarz. Seine Augen waren groß und von der Farbe reifer Kastanien. Er roch nach Meerwasser. Martin war es, als wäre er irgendwann dem Jungen schon einmal begegnet, in einem Augenblick, den er hatte festhalten wollen, der ihm aber wie so viele wieder verloren gegangen war. Stotternd sagte er: „Es geht mir gut." Peters Augen lachten, als hätte er nur diese Antwort erwartet. Und Martin fühlte sich jetzt, da er dem Jungen gegenüberstand, wirklich wohl.
„Na dann", sagte Peter. „Dann mach's mal gut." Er lief aus dem Haus, pfeifend, hüpfend, mal auf zwei Beinen, mal auf einem Bein.
Es waren Sommerferien und Martin langweilte sich. Immer wieder stellte er sich im Hausflur dem Jungen in den Weg. Peter grüßte freundlich, sprang an ihm vorbei und war verschwunden. Heimlich ging Martin dem Jungen nach. Wo Peter auch hinkam, die Menschen sahen ihn gern. Manche sagten ein paar Worte zu ihm oder steckten ihm etwas zu. Der Junge lachte und sprang davon. Die Menschen, die er zurückließ, lächelten ihm nach.
Martin kaufte sich von seinem Taschengeld Zeichenpapier, und in seinem Zimmer, wenn seine Eltern nicht in der Wohnung waren, malte er Peter:

einen schmalen, sonnengebräunten Jungen, dem man weite und hohe Sprünge zutraute, vielleicht sogar Flüge von hohen Felsen im Aufwind des Meeres. Nur die Augen wollten Martin nicht gelingen, sie blieben dunkel und rätselhaft.

Als Peter eines Morgens mit einem Rucksack das Haus verließ, folgte Martin ihm bis in den Hauptbahnhof. Hinter einem Reklameschild verborgen, beobachtete er, wie der Junge einen Zug bestieg, der bald davonfuhr.

Bis Anfang September fühlte Martin sich krank. Als das neue Schuljahr begann und er in das fremde Klassenzimmer trat, sah er Peter wieder. Martin unterdrückte mit Mühe einen Freudenschrei. Es störte ihn nicht, dass die Jungen und Mädchen ihn nach kurzer Musterung kaum noch beachteten, dass die Lehrer ihn bald übersahen, dass die Eltern ihn abends oft allein ließen, um mit Bekannten zum Surfen zu fahren und danach in einem Gartenlokal zusammenzusitzen.

In der Schule tauschte Martin mit mehreren Jungen die Plätze, um Peter, der in der ersten Reihe saß, näher zu kommen. Wollte einer der Jungen oder eines der Mädchen seinen Stuhl behaupten, so erreichte Martin sein Ziel mit einem Geschenk. Dann endlich, nach einer Prügelei mit einem größeren und stärkeren Jungen, saß er neben Peter, der ihn erstaunt ansah. Die kleinen Geschenke, die Martin

vor Unterrichtsbeginn auf den Tisch legte – kopierte Computerspiele, selbst aufgenommene Musikkassetten, sein zerlesenes Buch „Huck Finn“ –, nahm er ohne ein Wort des Dankes, oder er schob sie achtlos beiseite.
Es war Herbst, nass und kalt auf den Straßen, das Grau drückte aus dem niedrig stehenden Himmel in die Häuser. Martin fühlte sich einsam. Er redete laut und gab seiner Stimme einen tiefen Klang. Er erzählte den Jungen und Mädchen Witze, die er von Erwachsenen gehört oder in Zeitungen gelesen hatte. Er achtete auf seine Kleidung, und er drängte seine Mutter, ihm ein Paar auffällige und teure Turnschuhe zu kaufen. Er ließ sich die Haare länger wachsen. Jeden Morgen stemmte er Hanteln, die einmal seinem Vater gehört hatten. Aber was Martin auch tat, es erzeugte Abneigung bei Lehrern und Eltern. Seine Altersgenossen nannten ihn „Blasser“. Peter bemerkte nichts von Martins Bemühungen.
Martin litt oft unter Kopfschmerzen und Magenkrämpfen, er magerte ab und manchmal hatte er Fieber. In der Schule war er oft nicht bei der Sache. Er sprach nicht mehr mit den Eltern, die ihn zu Ärzten brachten, ihn verwöhnten und mit ihm schimpften. Martin wirkte wie eine Puppe, der die Farbe vom Regen abgespült und das Haar von der Sonne verblichen worden war. Seine Bewegungen waren kurz und wirkten wie abgehackt.

Der Frühling erreichte die Stadt über Nacht wie eine warme Welle. Es duftete nach Erde. Martins Eltern, die in den letzten Wochen wieder häufig gestritten hatten, sprachen vom Umzug in die Lausitz, wo die Dörfer und ihre Bewohner noch etwas Ursprüngliches hätten, die Wälder noch grün wären und die Luft klar. Zu ihrem Sohn sagten sie, er brauche Luftveränderung, er sei krank durch die schmutzige und lärmende Großstadt, er benötige Abwechslung, andere Menschen müsse er kennen lernen. In Eile begannen die Eltern den Umzug vorzubereiten. Am nächsten Morgen war Martin verschwunden. Nach zwei Tagen und Nächten fand ihn die Polizei in einem Waldstück im Geräteschuppen eines Tennisplatzes. Wieder zu Hause, sagte Martin: „Ich laufe weg. Immer wieder. Ich will hier wohnen bleiben." Vater und Mutter fügten sich seiner Drohung in der Hoffnung, ihn umstimmen zu können.

Am nächsten Morgen, als Martin sich wieder in die Schule wagen wollte, hörte er im Erdgeschoss Rufe. Die Tür, die vom Hausflur zum Frisiersalon *Margareta* und zur Wohnung von Peters Eltern führte, war angelehnt. Martin erkannte Peters Stimme, der rief: „He, du, Blasser! Hörst du denn nicht? Nun komm schon herein!"

„Ich?", fragte Martin, und er drückte die Tür auf, ging durch einen kurzen Flur und befand sich im Frisiersalon. Vor ihm stand Peter und die großen

Spiegel an den Wänden zeigten ihn fünfmal. Der sechste Spiegel war zerbrochen, die Wand war schwarz und rissig. Die Scherben lagen um Peters Füße und spiegelten Hände, Augen und Mund.
„Volltreffer“, sagte Peter und stieß mit der Schuhspitze an einen Lederball, der zur Tür hinausrollte. „Meine Eltern sind verreist. Nur gut, dass Tante Ria schwer hört.“
Martin fand Besen und Schaufel, kehrte die Scherben zusammen und schüttete sie in einen Eimer. Er hob Dosen und Fläschchen auf, stellte sie zurück in die Regale und wischte mit einem Tuch die Spiegel blank. Peter setzte sich auf einen der Stühle vor den Frisiertischen und drehte sich mit ihm, indem er sich mit den Füßen vom Boden abstieß. Er lief lachend: „Manchmal packt’s mich eben! Da muss ich einen Schuss abfeuern!“
„O ja“, sagte Martin und lachte auch. „Hör mal!“, sagte er, als er sich beruhigt hatte. „Wir sagen deinen Eltern: Ich habe den Spiegel zerschlagen.“
Peter ließ den Stuhl ausdrehen, er hatte die Augen geschlossen und lächelte. Er sagte: „Am liebsten spiele ich mit dem Ball hier drinnen. Zwischen den Spiegeln.“ Er sprang vom Stuhl, lief von Spiegel zu Spiegel, und jeder zeigte ein anderes Bild von ihm: böse, lachend, verzeihend, neckend und stolz.
Martin sah in den Spiegeln Peters Augen. Er war verwirrt.

Peter sagte: „Mit meinen beiden Alten komme ich schon klar." Er bückte sich, zog aus dem Eimer einen handgroßen Spiegelscherben, hielt ihn sich dicht vor das Gesicht und reichte ihn Martin. „Sieh hinein", sagte Peter. „Weißt du, man müsste überall in der Stadt Spiegel aufhängen, damit man sich sehen kann."
Martin öffnete zögernd die Augen. Peter drängte ihn: „Sieh doch, sieh."
Martin schaute in ein blasses Jungengesicht, wie er sie zu Hunderten gesehen hatte. Er war enttäuscht und traurig. Da sah er im Spiegelscherben Peters Gesicht dem seinen nahe kommen, da kam Licht in seine Augen, und für einen glücklichen Moment war ihm, als würden sie eins. Schnell schob er den Spiegelscherben in seine Jackentasche.
Martin und Peter gingen zusammen zur Schule. Das taten sie von nun an jeden Morgen. Auch auf dem Heimweg waren sie zusammen. Und bald sah man sie nur noch gemeinsam, beim Einkauf, auf den Fahrrädern, im Kino und bei den Fußballspielen ihres Lieblingsvereins. Es hieß, Peter habe einen lebendigen Schatten bekommen.

Ein Jahr verging. Martin hatte schnell gelernt, dem Freund jeden Wunsch aus den Augen abzulesen, und was Peter von ihm verlangte, tat er. Er putzte und reparierte ihre Räder; er stellte sich in eine

Menschenschlange, um im Vorverkauf Karten für eine Rock-Gruppe zu bekommen; bei Ausflügen sorgte er für Essen und Trinken; er prügelte sich mit den stärksten Jungen, wenn einer Peter wehtun wollte; und als der Freund krank war, verließ Martin in den Nächten sein Zimmer, um durch das Fenster der Erdgeschosswohnung zu sehen, ob Peter ihn brauchte. Martins Eltern fanden ihren Sohn verändert. Sie nannten ihn verstockt, ja schwer erziehbar, wenn er sich ihren Anordnungen widersetzte, um mit Peter zusammen zu sein. Immer wieder sprachen sie vom Umzug in ein Lausitzer Dorf oder auf die Insel Rügen; aber Martin drohte ihnen, dass er wieder weglaufen würde und dieses Mal für immer. Manchmal sagte der Vater, er wolle ihn in ein Heim geben, wenn er sich nicht „bessere“.

Martin erkannte selbst, dass er verändert war. In Augenblicken der Stille, in denen er dem Freund ganz nahe war, nahm er den Spiegelscherben und sah hinein. Sein Gesicht war mager und blass, aber es gehörte nicht zu einem Schwächling; Nase und Kinn traten kräftig hervor und die Augen zeigten Entschlossenheit.

Martin hätte ewig so weiterleben wollen. Da geschah es, dass sie eines Tages in der Mittagspause auf dem Schulhof ein Mädchen sahen. Sie ging in die Parallelklasse, und sie waren ihr fast täglich begegnet, ohne mehr zu erkennen als ein Mädchen, von denen es viele gab und die nichts vom Fußballspiel verstanden und mit denen über „Männerprobleme“ nicht zu sprechen war. In dieser Stunde aber sahen sie das Mädchen anders, als stehe sie zum ersten Mal an den Stamm der Kastanie gelehnt, die kleinen Kopfhörer eines CD-Players auf den Ohren und das Gesicht der Sonne zugewandt. Etwas ging von ihr aus, das zu Martin und Peter eine Verbindung schaffte, ein unsichtbarer und doch lebendiger Faden, über den sie Signale empfingen, die sie in Unruhe versetzten.

Die Freunde verrieten einander nichts von ihren Empfindungen, die sie überrascht und verunsichert hatten. Ohne dass der andere es wusste, erkundigte sich jeder nach dem Namen des Mädchens; sie hieß Angelika und war die Tochter einer Verkäuferin in der Bäckerei gegenüber der Schule, wo die Schüler in den Pausen Schweinsohren und Mohrenköpfe kauften. Angelika trug enge Jeans und Pullis, ihr Körper war fraulich verlockend und sie hatte für viele Jungen ein Lächeln übrig. Das tat Martin weh, und noch mehr schmerzte es ihn, als er sah, wie Peter darunter litt.

Bei Sonnenschein, der Jungen und Mädchen in die Freibäder lockte, saßen die Freunde zusammen und schwiegen. Peter schrieb Gedichte voller Düsternis und Schmerz. Und Martin zeichnete wieder, einen

Kopf, der zugleich einem Jungen und einem Mädchen ähnlich war. In Augenblicken des Alleinseins, die Martin, seit er mit Peter befreundet war, nicht mehr gefühlt hatte, sah er im Spiegelscherben die Augen und den Mund Angelikas, die auch ihn – vielleicht nur ihn – auffordernd anlachten.
Martin wartete auf ein Zeichen des Freundes. Er fragte: „Was soll ich tun?"
„Lass mich in Ruhe", sagte Peter. „Tu, was du willst."
Ein paar Tage darauf, wiederum zur Mittagszeit, als Peter wegen Unwohlsein nach Hause geschickt worden war, trat Martin vor das Mädchen. Angelika lehnte am Stamm der Kastanie und zog die Blicke der älteren Jungen auf sich. Martin sah das Mädchen an, und er dachte, dass er jetzt sterben müsse. Oft hatte er sich vorgestellt, wie er sie ansprechen würde, mit ein paar lässig hingeworfenen Worten. Nun aber war er sprachlos, und das Mädchen nahm die Arme über den Kopf, rekelte sich und sagte: „Na, was liegt denn an, Kleiner?"
„Nichts", gelang es Martin zu sagen, und er wollte sich schon davonschleichen, da nahm er all seinen Mut zusammen, blickte ihr fest und lange in die Augen und sagte: „Heute Abend geben sie im *Capitol* einen neuen Film mit Richard Grieco. Kommst du mit?"
Sie war überrascht, verlor augenblicklich an Sicherheit und sagte zögernd: „Ja – gut, ich komme ..."

„Wir treffen uns vor dem Kino", sagte Martin. „Zwanzig Uhr."
„Ja", sagte das Mädchen. „Gut."
Nach dem Unterricht rannte Martin nach Hause, zu Peter, der im Bett lag und schnell einen Bogen Papier unter das Kopfkissen schob.
„Steh auf!", rief Martin. „Zieh dich an! Komm, wir setzen uns auf die Räder und fahren irgendwohin!"
„Ich bin krank", sagte Peter mit schwacher Stimme. „Du – wenn ich vor die Hunde gehen sollte – mein Rennrad gehört dir – und alles andere auch ..."
Martin lachte und zog den Freund aus dem Bett. Als er ihm sagte, dass sie noch heute mit Angelika ins Kino gehen würden, umarmte Peter ihn.
Lange vor der verabredeten Zeit strichen sie um das Kino herum, warfen mit Steinen nach einem Laternenpfahl, lachten viel und sprachen laut. Um zwanzig Uhr, als Angelika noch immer nicht zu sehen war, wurden sie still und wandten sich voneinander ab. Dann aber, der Film hatte schon begonnen, kam sie, und alle Leiden waren aus der Welt.
Von nun an waren die drei jeden Tag zusammen. Auf Angelikas Wunsch besuchten sie Diskotheken, hörten die neuesten CDs und sprachen über ihre Lieblingsschauspieler. Und was es zu tun gab, die Hausaufgaben, das Putzen der Spiegel im Frisiersalon *Margareta*, der Kampf um die besten Plätze in den Diskotheken – Martin tat es. Er hörte die Leute

von einem schönen Paar sprechen, das so beneidenswert jung sei und voller Unschuld. Befragte Martin den Spiegelscherben, so sah er nur Peters und Angelikas frohe Gesichter.
Martin ahnte, es kam etwas auf ihn zu, und er wusste nicht, ob er ihm würde standhalten können. Schon lange hatte ihn niemand mehr „Blasser" oder „Zwecke" nennen dürfen. Wäre es jetzt jemandem eingefallen, ihn so zu rufen, hätte er sich nicht wehren können. War er wirklich nur der „Blasse", ein Schatten, der andere Menschen begleitete, wenn sie im hellsten und wärmsten Licht standen? Je wohler Peter und Angelika sich fühlten, umso schlechter erging es Martin. Er sagte sich, dass er ein schlechter Freund sei, neidisch und missgünstig; aber es änderte seine Empfindungen nicht, und er stellte sich vor, dass ein Unglück geschehe, das Peter und Angelika auseinander brachte.
Zu Hause sprachen die Eltern drängend vom Umzug. Es hatte einen Streit gegeben, in dem der Vater die Mutter geschlagen hatte. Danach hatten sie einander versprochen, ihr Leben grundlegend zu ändern. Zu viel hätten sie falsch angepackt, es wäre Zeit für einen Neuanfang, das Alte sollte vergeben und vergessen sein. Sie setzten ihrem Sohn zu wegen des Umzugs in ein leer stehendes Bauernhaus auf der Insel Rügen, eine neue Welt wollten sie schaffen, ihre Welt.

Zur selben Zeit erfuhr Martin, dass Peter und Angelika sich heimlich trafen. Er beobachtete, wie sie sich im Heizungskeller der Schule umarmten und küssten. Am Abend sagte er den Eltern, dass er mit ihnen weggehen werde. In der Nacht aber hatte er einen wirren Traum, der ihn in den Spiegelsaal des Frisiersalons *Margareta* versetzte. Er spiegelte sich, und als er sein Gesicht nicht erkennen konnte, warf er den Ball in den Spiegel, der in tausend Scherben zerbrach. Am Morgen trat er vor die Eltern und sagte ihnen, dass er hier bleiben würde. Er ging in die Schule und brachte es fertig, Peter und Angelika in die Augen zu sehen.
Wochen vergingen. Oft schaute Martin in die Spiegelscherben, und dann bemerkte er, wie sein eigenes Bild klarer wurde und die Gesichter von Peter und Angelika verblassten. Eines Morgens legte er die Scherben in die Schublade seines Schreibtisches, in der er andere Dinge, die ihm noch wichtig waren, aufbewahrte.

Die Beerdigung

Es ist die erste Beerdigung, bei der ich dabei bin. Bisher habe ich mich immer gedrückt. Bei Frau Orloff aus unserm Haus, die von der Grippewelle hinweggerafft wurde. Und bei unserm alten Lehrer Höfer, der in Saalmanns Kneipe vom Schlag getroffen wurde. Friedhöfe sind nun mal nicht mein Geschmack. Ich habe es lieber, die Leute lachen und bewegen sich.
Aber dieses Mal komme ich nicht drum herum. Ich musste noch mal zu Großvater gehen.
Es sind nicht viele Leute angetreten, um Moser-Max das letzte Geleit zu geben. So sagt man das wohl. Meine alten Herrschaften sind anwesend. Die beiden Onkel und Tanten sind angereist; aber ohne ihre Kinder. Eine Hand voll uralter Recken aus Großvaters Kämpferzeit sind erschienen. Und ganz in der Nähe ist da noch so ein mittlerer Schwarm schwarzer Vögel, die bei jeder Hochzeit und jeder Beerdigung herumstehen.
Ich weiß, wenn das, was mit Moser-Max vorm Jahr passiert ist, nicht passiert wäre, könnte man jetzt hier vor lauter Menschen nicht von einem Bein aufs andere treten. Aber was geschehen ist, ist geschehen, und irgendwie sind alle schnell damit fertig geworden. „Wir leben in einer schnelllebigen Zeit", hat

Vater gesagt. „Man muss was wegstecken lernen, sonst geht man vor die Hunde.“ Das Wegstecken fällt mir schwer. Mutter sagt, ich bin „weich“, wie es Großmutter war, darum hat sie auch die Nachkriegszeit nicht überlebt. Zugegeben, ich bin kein Held, wenn ich auch oft so tue. Aber das machen alle so. Das gehört dazu.

Ein Geruch ist das. Scharf wie Säure und wirkt wie frisch geschnittene Zwiebel. Der Raum ist kalt und feucht. Es ist, als läge er tief unter der Erde. Nun fang nur nicht an, Tränen zu vergießen, alter Junge. Keiner tut das. Moser-Max liegt im Sarg und heult auch nicht. Obwohl sein Gesicht aussieht, als könnte er den Schmerz nun nicht mehr unterdrücken. Komisch. Ich habe fast nur Kinder heulen gesehen. Keine Ahnung, was die Erwachsenen mit ihren Tränen machen. Vielleicht lässt sich das Seelenwasser abdrehen. Es gibt irgendeinen Patentverschluss, und nur ich habe keinen Schimmer, wo der installiert ist und wie er funktioniert. Mit dem Weinen ist es wie mit dem Lachen. Erst wenn es unversehens aus dir herausbricht, sehen dich die meisten wie einen Irren an, der auf Freigang ist.

Großvater habe ich oft lachen gesehen. Das Lachen packte seinen schweren Körper und schüttelte ihn gewaltig. Man wurde angesteckt davon. Wenn ich so darüber nachdenke – in den letzten Jahren hat Großvater seltener gelacht. Warum eigentlich? Wo er doch so gern lachte. Er hatte mal eine Braut, die Kreisler-Hilde. Arbeitete in der Poliklinik als Stationshilfe. Für ihr Alter war sie noch ganz stabil. Konnte es mir vorstellen, dass Großvater sie gern ans Herz drückte. Als alle schon dachten, es gibt eine Hochzeit, ist die Kreisler-Hilde auf und davon. Sie hat irgendwo ein Loch in der Mauer gefunden und ist nach dem Westen rüber.

Von dem, was ich hier von mir gebe, kenne ich manches nur vom Hörensagen, oder ich muss es aus der Finsternis meines Unterbewusstseins ans Tageslicht bringen.

Es war eine Zeit, in der wurde Großvater hierhin und dorthin geholt. Die Partei wollte, dass er den Leuten das Bewusstsein stärkt. Es roch damals wieder mal verdammt brenzlig auf unserem Planeten. War bis Trenkau zu riechen. Kam von Nahost übers Mittelmeer. Es passierte eine Menge in der Welt. In Trenkau war die Sache mit Großvater und der Kreisler-Hilde schnell vergessen.

Ich habe Moser-Max nie weinen gesehen. Auch nicht, nachdem es passiert war und er es begriffen hatte und all die Leute einen Bogen um ihn machten. Dieselben Leute, die ihn so oft gebraucht hatten. Moser-Max, alter Kumpel, übernimm doch eine Woche Nachtschicht für mich. Du verstehst, die schönen Damen. Na ja, Karin hat noch Feuer und fordert ihr Recht. – Moser Max. Die Sache steht so. Mir fehlen zwei Mille auf die Hand. Der Wagen, den ich in Aussicht habe, hat keinen Rostschaden. Einmalige Angelegenheit. Ich zahle es dir in Raten zurück. – Moser-Max, Alter. Mir ist da in der Kneipe was Dummes passiert. Ich habe ein paar Witze von mir gegeben – über den Staat, die Partei, den Sozialismus eben. Es hat wohl ein Hasenlöffel mit am Tisch gesessen. Und nun soll die Sache vor den Kadi. Sieh doch mal zu, ob du deinen Genossen klarmachen kannst, dass doch alles nur ein Spaß bei zwei Promille war. – Moser Max, jetzt sind wir bald zu fünft in zwei Zimmern, wir brauchen dringend eine Wohnung, zehn Jahre warten wir nun schon.

Großvater hat getan, was er konnte. Und oft eine Menge mehr. Einmal hat es den alten Fighter auf die Bretter gelegt; aber bevor er ausgezählt wurde, ist er wieder aufgestanden und hat voll rein gehalten.

Und nun, als es passiert war, machten die Leute einen gewaltigen Bogen um ihn. Die Leute, die auch er gebraucht hat. Einfach, um zu leben. Der Alte war gern unter Menschen. Als er in seiner Hütte mal krank lag, war er nicht zu genießen. Wenn ich nach der Schule zu ihm reinguckte, wollte er mich nicht wieder weglassen. Er fragte sonst was für Zeug, fluchte, lachte, redete, um zu reden, wie es sonst nicht seine Art war. In dieser Zeit ging ich nicht gern zu ihm. Da erschien er mir fremd und machte mir Angst. War er wieder auf den Beinen und unter Leuten, war er wieder in Ordnung. Ich habe meinen alten Herrn mal danach gefragt, warum Großvater manchmal so sonderbar ist. Aus Vater ist schwer was rauszukriegen. Bei den Roten war er Parteisekretär in einem Chemiekombinat, jetzt ist er in einer kapitalistischen Goldgrube, die massenweise irgendwelchen Schwachsinn fabriziert, für Sicherheit verantwortlich – keine Ahnung, wie er die Kehrtwende zur allgemeinen Zufriedenheit hingekriegt hat. Er nimmt seine Tätigkeit so ernst, dass er selbst aus dem Essen der Betriebsküche ein Geheimnis macht. Der Mann muss schon etliche harte Sachen geschluckt haben, wenn er mehr als „Morgen" oder „n' Abend" rausbringen soll. Mit Mutter verständigt er sich sprachlos. Darin sind sie sehr geschickt, die beiden. Ich bin noch nicht dahinter gekommen, ob sie sich so gut verstehen oder ob sie sich nichts mehr zu sagen haben. Vielleicht wollte ich auch nicht dahinter kommen. Nach langem Zögern hatte Vater mir geantwortet: „Seit der Nazizeit ist er so. Drei Jahre Einzelhaft. Davon ein Jahr Dunkelhaft."

Großvater hat nie über seine Haftzeit gesprochen. Er wurde oft in Schulen eingeladen. Als Arbeiterveteran. Er hat erzählt, wie schwer der Widerstand war. Wie wenig sie waren. Denn die Massen glaubten an Hitler wie an Jesus Christus. Er wurde gefragt, ob er im KZ und im Gefängnis gewesen wäre. Da hat er nur ja gesagt und gleich weitererzählt, wie sie den Ströbe-Wilhelm mit falschem Pass über die Grenze geschleust haben. Früher, wenn ich bei ihm übernachten durfte, habe ich es nie verstanden, dass er bis spät in die Nacht herumwirtschaftete und schon vor den Hühnern wieder auf den Beinen war. Manchmal bin ich munter geworden. Von einem fürchterlichen Schrei. So was habe ich sonst nie gehört. Großvater lag neben mir und fuchtelte mit den Armen wie ein Ertrinkender. Ich habe dann bis zum Aufstehen wach gelegen.

Diese Musik zieht einem ohne Betäubung die Zähne raus. Das Band leiert. Beethoven. Schicksalssymphonie. Wie oft mögen die hier die Nummer schon abgezogen haben? Moser-Max liebte Volkslieder. *Hoch auf dem gelben Wa-ha-gen sitz ich beim Schwager vorn …*

„Ja, Mutter, ja. Ich nehme mich zusammen, ja doch, ja!"

Kann denn niemand dieses verdammte Band abstellen?

Ich möchte nicht schreien; aber ich muss es tun! Ganz laut schreien. Hat es denn niemand gehört?

Vater steht noch immer wie ein schwarz bemaltes, fast quadratisches Brett. Sein Gesicht ist eine graue Scheibe. Mutter hängt an ihm. Ihr Arm ist von seinem Arm eingekeilt. Da kann passieren, was will.

So kann sie nicht fallen. Zwei, drei männliche Fossilien aus Großvaters kämpferischer Antihitlerzeit stehen mit gesenkten Köpfen. Wie Kinder vor ihren Eltern. Als hätten sie Strafe verdient. Seitdem das mit Großvater passiert ist, sehe ich sie so stehen und gehen. Hinter mir warten die schwarzen Vögel mit hängendem Gefieder und gespitzten Schnäbeln.
Immer wenn ich ganz laut schreie, hört mich niemand. Ich wünschte, mich hörte mal einer und würde mich fragen, warum ich schreie. Aber ich will es auch nicht.
Entweder das Band ist gerissen oder jemand hat das Gerät abgeschaltet. Ich höre die Leute atmen. Nur Moser-Max nicht. Er liegt und ruht. So sagt man es von Toten. Aber er sieht nicht so aus. Ich kenne ihn nur in Bewegung. Und auch jetzt – es ist, als müsste er sich jeden Moment aufrappeln. Und er müsste was sagen, ein paar Worte, die erklären, was eigentlich passiert ist.
Aber Großvater liegt und ruht. Er sagt nichts. Er hat nichts mehr gesagt, seitdem es passiert war und die Kinder ihm hinterherriefen: „MMM!" Das war ein ganz anderes „MMM", als es früher in Trenkau fast ein geflügeltes Wort war und hieß: „Moser-Max macht's."
Jetzt hält so ein Typ eine Rede. Vater hat ihn bestellt. Ich hätte es nicht geglaubt – man kann eine Trauer-

rede bestellen wie eine Geburtstagstorte. Mutter sagte, es gehört sich so, dass einer ein paar Worte sagt. Was auch passiert ist, wir sollten Großvater anständig unter die Erde bringen. Moser-Max hat mal gesagt: „Es kommt drauf an, wer wann was wem sagt."
Bei den Nazis, im Widerstand, erzählte Großvater, hat er gelogen wie gedruckt. Die ihn nicht ganz genau kannten, dachten, er hätte mit den Nazis die Friedenspfeife geraucht. „Gut gelogen war das halbe Leben", sagte er. „Und leben mussten wir. Um den Nazis das Leben schwer zu machen."
Von langen Reden hielt Moser-Max gar nichts. „Die machen die Leute nur müde und dumm", sagte er. Die Wahrheit spricht für sich selber. Man muss sie nur tätig werden lassen. Moser-Max hat sich lieber unterhalten. Mit Hinz und Kunz. Über alles Mögliche. Mit uns Kindern hat er gern gesprochen. Hat uns gefragt, wie wir uns die Welt wünschen. Dann hat er uns erzählen lassen, hat dagestanden, die Hände in den ausgebeulten Taschen der Zimmermannshose, die kalte Zigarre zwischen den dünnen Lippen, den schweren Kopf nach vorn geneigt und ein Staunen in den alten Augen. „So", hat er gesagt. „So soll es also werden." Und er ist davongegangen wie einer, der sich selbst ganz vergessen hat, der mit seinen Gedanken sonst wo ist.
Dieser Typ redet und redet. Und Großvater liegt im

Sarg und kann sich nicht mehr wehren. Seit es passiert ist, hat er sich nicht mehr gewehrt. Früher war man ihm jeden Tag ein paar Mal begegnet. Nun sah man ihn kaum noch. Und obwohl es Hochsommer und drückend heiß war, hatte er den Kragen seiner Joppe hochgeschlagen und die Ledermütze tief in die Stirn gezogen. Und er lief wie gegen einen starken Wind an. Dicht an den Hausmauern. Über die Straßen und übern Marktplatz rannte er fast.
Warum lügt der Kerl hier? Er wohnt doch auch in unserm Ort. Trenkau hat siebentausend Einwohner. Da weiß jeder von jedem, wann er nur mal laut gehustet hat.
„... tragischer Unfall ... könnte heute noch leben ...“
Ja, was war das für ein Leben? Für Max Moser war es kein Leben mehr, seitdem es passiert war. Und da redet dieser Vogel von Unfall!
Es ist, als hätten sich alle Trenkauer auf diesen „tragischen Unfall“ geeinigt. Aber ich weiß, wie Großvater kaputtgegangen ist, und ich kann es nicht vergessen. Ich habe auch an den „Unfall“ glauben wollen. Es ist leichter. Für einen Unfall trägt keiner Schuld. Da ist jeder fein raus. Sogar Moser-Max. Wie sie meinen.
Aber Großvater ist nicht fein raus. Er liegt im Kasten. Es ist dunkel und kalt, dieser Kerl redet und redet, die Leute stehen und rühren keinen Finger, und Moser-Max liegt da, kann nicht mehr hoch, hat

diesen Schmerz hinter den Lippen und diese Tränen hinter den Augen.
Ein Jahr ist es her, als das mit Großvater passierte. Vier Tage ist es her, dass Großvater tot ist. Seit es passiert war und die Kinder ihm „MMM!“ hinterherschrien und die Erwachsenen einen Bogen um ihn machten, ist der Alte kaputtgegangen. Ein ganzes Jahr lang. Und siebentausend Menschen haben zugeguckt und nichts gesehen. „Diese Zeit lässt uns nicht viel Zeit“, hat Vater gesagt. „Da muss jeder genau wissen, wie er am besten überlebt.“
Ich will erzählen, wie Großvater kaputtgegangen ist. Ich will es schon lange. Ich bin kein Held, aber jetzt sage ich es. Ich sage es leise, damit ich es nicht vergesse und irgendwann vielleicht mal laut sage. Trenkau ist ein Großstadtvorort. Ein großes Dorf oder ein kleines Städtchen. Häuser, drei wacklige Fabriken, Hauptschule, zwei Kaufmärkte, Kulturzentrum, eine Kirche aus dem sechzehnten Jahrhundert, ein Marktplatz aus dem siebzehnten, ein Ärztehaus, Kneipen und eine Weinstube, in der Old-Goethe seinen Weindurst gestillt haben soll. Von Süden her marschieren seit Jahren die Bagger des Tagebaus auf uns zu. Energie. Die Kohle. Der Schornstein muss qualmen. Das ist klar. Einmal hieß es, Trenkau muss weg. Ein anderes Mal: Trenkau bleibt. So ging das hin und her. Schon bei den Roten gab es deswegen eine Menge Aufregung. Als

die Kapitalisten das Ruder übernahmen, sagten sie, der Kohleabbau lohnt nicht, wir lebten doch nicht mehr in der *Sozialistischen Steinzeit.* Doch bald schon änderten sie ihre Meinung. Für ein Atomkraftwerk gab es keine Genehmigung. Und das Kohlebuddeln brachte ein paar Arbeitsplätze, die sich für die kommende Wahl gut verkaufen ließen. Keiner wollte aus Trenkau raus. Hier haben die Leute wohl noch, was sie brauchen: Wohnung, die meisten sogar Arbeit, den Garten, Garage, gewaltfreie Straßen, Wald, günstige Verbindung zur Stadt. Es gab jede Menge Versammlungen unter dem Motto: *Muss Trenkau weg?* Das ist bis heute nicht entschieden. Inzwischen hat sich der Tagebau herangefressen. Das Ortseingangsschild ist schon dreimal weiter in den Ort rein versetzt worden.
Großvaters Hütte stand am südlichen Rand von Trenkau. In einer kleinen Siedlung. *Am Hundewasser,* unter Hitler von Arbeitslosen gebaut. Doppelhäuser, Schuppen, Kaninchen- und Hühnerstall, ein Stück Grabeland, das damals bis auf den letzten Zentimeter bewirtschaftet wurde. Großvater hat es auch nach dem Krieg noch so gehalten. Bananen konnte er zwar nicht ernten. Aber er hatte auch im Sozialismus frisches Obst und Gemüse und musste deswegen nicht seine Seele verkaufen. Er hat das Grabeland bis zuletzt bestellt. Großvater war der letzte von den alten Siedlern. Seine Hütte stand

grau und mickrig zwischen den Schlössern, die sich manche von den neuen Besitzern aus den alten Häusern gebaut hatten. Auf ihrem Grabeland plätscherte das Wasser im Swimmingpool, schaukelte eine Hollywoodschaukel, standen Tannen und Rosen, lag der auf einen Zentimeter Länge abrasierte Rasen, der nur bei besonderen Gelegenheiten und in Filzschuhen betreten werden durfte.
Kurz nachdem das mit Großvater passiert war, hieß es, das *Hundewasser* muss nun doch weg. Es gab in der Siedlung großes Geschrei. Aber diesmal half nichts, auch nicht die hundertste Unterschriftenaktion. Es gab nur noch „Einsicht in die Notwendigkeit". Die vom *Hundewasser* wurden umgesiedelt. Auch Moser-Max bekam im renovierten Neubaugebiet von Trenkau eine Einraumwohnung mit Fernheizung und Bad. Ich war nie dort. Habe es einfach nicht geschafft. Am *Hundewasser*, wo die Häuser ausgeschlachtet wurden, habe ich Großvater manchmal gesehen. Dort ist ein Birkenwäldchen. War ein Pärchentreffpunkt. Mittendrin ein Tümpel. Das Hundewasser. Grundsauber. Bin mit dem Moped dorthin gefahren. Hatte Silke auf dem Sozius. Musste an Großvaters Hütte vorbei. Das Haus sah aus wie geplündert. Ein Gerippe, weiter nichts. Aber im Garten grünte und blühte es. Großvater kniete, von der Straße abgewandt. Er grub mit den Händen in der Erde, und ich konnte

nicht sehen, ob er die Zigarre zwischen den Lippen stecken hatte.
Ich musste anhalten. Kam da nicht vorbei, nicht im ersten, nicht im dritten Gang.
„Tag, Großvater“, sagte ich. Und noch mal: „Tag, Großvater!“
Der Alte sah sich nicht um, und ich konnte nicht rauskriegen, ob er die Zigarre zwischen den Lippen stecken hatte.
„Großvater.“
„Fahr weiter, Junge. Fahr zu.“
„Großvater!“
Und Silke hinter mir: „Du hast mir versprochen, nicht anzuhalten! Wenn du jetzt nicht sofort fährst, steige ich ab! Du siehst doch: Der will dich gar nicht!“
Ich bin losgefahren, ohne dass ich gesehen habe, ob Großvater die Zigarre zwischen den Lippen hatte. Bin gefahren wie ein Henker. Silke, die immer alles im Vollgas nehmen will, meinte, ich könnte schon aufdrehen, wenn ich nur wollte. Ich glaube nicht, dass ich ein Mädchen schlagen könnte. Damals hätte ich mir gewünscht, ich könnte es. Ich bin mit Silke seit der achten Klasse zusammen. Sie hat mich ausgeguckt. Und ich war stolz darauf, weil alle Jungen scharf auf sie waren. Als das mit Großvater passierte, hat sie sich ein Vierteljahr nicht mit mir getroffen. Das Abi. Keine Zeit. Blöd bin ich nicht. Ich

wurde immer verrückter auf sie. Dann hatte sie mich so weit. Ich hätte alles versprochen. „Moser-Max hat mit mir nichts mehr zu schaffen.“ So weit unten wie damals war ich noch nie.
Einmal habe ich es nicht mehr ausgehalten und bin zum *Hundewasser*. Wollte ihn endlich fragen: „Was da vor einem Jahr passiert ist – warum hast du das getan?“ Wollte sagen: Ich begreife es nicht. Kein Mensch, der dich kennt, begreift es. Ich will, dass alles wieder in Ordnung kommt, Großvater. Keiner spricht darüber. Zu Hause nicht. In der Schule nicht. Es ist nun mal passiert, Großvater. Es muss einen Grund haben. Ich will es begreifen. Und es soll wieder so sein wie vorher. Das wollte ich sagen, und ich wollte sehen, ob Moser-Max eine Zigarre zwischen den Lippen stecken hat. Immer hat er eine Zigarre zwischen den Lippen stecken. Sie gehörte einfach zu ihm. Das Ding war wie ein Barometer. Stand sie steil nach oben, war Moser-Max scharf am Nachdenken. Stand sie waagerecht und zitterte, würde der Alte bald lospoltern. Hing sie in Richtung Kinn, war Großvater mit seinem Latein am Ende, und er wirkte müde und schlaff. Meistens bewegte sie sich kreisend im linken Mundwinkel. Das war, wenn Moser-Max beschäftigt war, wenn er was zwischen den Händen hatte.
Wenn ich jetzt die Augen schließe, sehe ich Moser-Max’ Zigarre in Richtung Kinn hängen. Wann war

das? Sehe es nur wie ein Blitzlicht. Bilder, die sofort wegrutschen: Moser-Max, nachdem die Kreisler-Hilde in den Westen ist. Moser-Max, als sein Jüngster, den er wegen seiner „naiven Freiheitsgläubigkeit“ und Mitarbeit in der aufkommenden Bürgerbewegung verstoßen hatte, im roten Knast von einem durchgebrochenen Magengeschwür weggerafft wurde. Moser-Max vor dem Fernseher, der den Trubel der Wiedervereinigungsfeier am Brandenburger Tor zeigte. Nach einem Streit mit dem neu gewählten CDU-Bürgermeister, als Riemer ihn „unverbesserlicher Stalinist“ und Großvater ihn „ewiger Anpassler“ geschimpft hat. Moser-Max, als er zur Sechshundertjahrfeier auf die Bühne ans Mikrofon ist und dann kein Wort rausgekriegt hat. Und vor allem als das Getuschel anfing und nicht wieder aufhören wollte, als es hieß, dass er bei der Stasi gewesen wäre und die Trenkauer ausgeschnüffelt hätte. Ich kann mir denken, aus welcher stinkigen Ecke das kam, es sollte an einer *Roten Socke* kein einziger guter Faden bleiben. Großvater hat kein Wort dazu verloren, nicht Ja und nicht Nein, ihm ist eben nur die Zigarre ausgegangen und auf das Kinn gekippt ... Moser-Max ...

Es blitzt nichts mehr. Aber im Dunkeln steckt noch einiges. Habe damals einfach nicht aufgepasst. Keiner hat aufgepasst. Jeder hat gedacht: MMM – Moser-Max macht's.

Hat der Alte denn nicht glücklich gelebt? Er wollte gebraucht werden. Voll und ganz. Ihm war es egal, ob er dabei verbraucht wurde. Da hat er mal so was gesagt wie *Der Mensch kann sich verbrauchen lassen. Nur benutzen lassen darf er sich nicht.*
Wie hast du das gemeint, Großvater?
Bin also zum *Hundewasser* raus. Wenn ich hier auftauchte und der Nachwuchs spielte gerade Fußball oder stieg in den Kastanien rum, ging das Geschrei los: „MMM! Moser-Max maust! Moser-Max maust!" Es tat mir jedes Mal weh bis in die Knochen. Ich hatte eine mächtige Wut, aber noch mehr schämte ich mich. Konnte nur zusehen, dass ich schnell vorbeikam. Es ist schlimm, wenn man was tun muss und nichts tun kann. Diesmal blieb es eigenartig ruhig. Die Jungen saßen auf den Bällen und hockten im Gras. Die Mädchen hatten den Pudel von Frau Born an die Leine genommen. Ein Tagebauer stand vor ihnen, abwehrend die Hände erhoben. Es war so verdammt still. Kein Motorenlärm. Nichts. Und doch, aus dem Kofferradio plärrte es wie aus einem Kinderwagen. Und alle sahen in dieselbe Richtung. Zu Moser-Max' Haus. Das heißt: dorthin, wo es mal gestanden hatte. Es war nur noch ein Haufen Schutt. Ein paar Männer vom Tagebau standen neben einem schweren Bagger. Einer sah mich kommen und rief: „Zieh ab, Großer. Hier gibt's nischt zu sehen."

Da sah ich Moser-Max liegen. Keine Farbe in den Augen. Und keine Zigarre zwischen den Lippen. Nichts. Schon immer hatte ich Angst vor Abgründen. Ich bringe es einfach nicht fertig, mich an den Rand zu stellen und runterzusehen. Nun stand ich davor, sah in die Tiefe und verspürte Angst zu fallen. Als ich wieder zu mir kam, hielt mich wer am Arm und sagte: „Das sind sie. Das Maul groß. Keinen Arsch in der Hose." In der Tiefe habe ich gesehen, was ich nicht mehr vergessen kann: Um Großvaters Hals war ein Strick. Und der Strick war um einen Balken geknotet.
Ich bin später noch mal raus zum *Hundewasser*. Wollte sehen, ob ich irgendwo eine Zigarre finde. Bin durch die Absperrung; aber es war alles schon dem Erdboden gleichgemacht. Kam mir vor wie auf einem fremden Planeten. Keine Spur von Großvaters Hütte.
Es gab eine Menge Gerede um Großvaters Tod. Aber wie immer, wenn was passiert ist, keiner weiß, wie es wirklich war. Aber jeder erzählt trotzdem was. Die halbe Wahrheit. Und jeder, der was hört, macht seine Wahrheit draus. Zum Schluss weiß keiner mehr, was Sache ist.
Bei Moser-Max haben sich die Trenkauer schnell auf einen Unfall geeinigt. Damit die liebe Seele ihren Frieden hat. Ein paar Villenbesitzern vom *Hundewasser*, die umgesiedelt wurden, kam die

Sache nicht ganz ungelegen. Sie behaupteten, der Alte hätte Schluss gemacht, weil die Kohle ihm seine Hütte wegnahm. Erstunken und erlogen. Großvater hing an seiner Hütte. Das stimmt. Aber schon als es bei den Roten um den Abriss ging, ist er am *Hundewasser* von Haus zu Haus gegangen und hat gepredigt, dass die Leute der Kohle Platz machen sollen. Ohne Kohle liefe nun mal nichts im Sozialismus, hat er gesagt. Die Siedler sollten nicht nur an sich, sondern auch an ihre Kinder denken. Später würde hier wieder gesiedelt werden können. Zwischen großen Seen und Wäldern. Aber wenn ich es mir überlege, eins stimmt: Als das mit Großvater passiert und er mit einem Mal so mutterseelenallein war, hat es ihn immer wieder zum *Hundewasser* rausgezogen. Noch vor Morgengrauen in aller Stille ist er hin. Nachts in aller Stille ist er in seine Wohnung zurück. Aber die Kohle war es nicht, die ihn umgebracht hat.
Ein Unfall soll es gewesen sein. Der Beerdigungsfachmann sagte es noch mal laut und deutlich. Der hat seinen Text drauf. Kein Wort von dem, was vorher passiert ist. Warum es passiert ist. Und Großvater liegt lang im Sarg, und hinter zusammengepressten Lippen sitzt ein Schrei. Moser-Max liegt und ruht, sagt der Redner. Und wir sollen ihn liegen und ruhen lassen. Das soll wohl so viel heißen wie: Schwamm drüber. Ist doch gar nichts passiert.

Moser-Max ist tot. Er war ein alter Mann. Irgendwann ist jeder mal dran. Ist der Lauf der Natur. Gottverdammt, so kann man es auch sehen, wenn man völlig blind und taub ist.
„Wen es nicht mehr juckt, der braucht sich nicht mehr zu kratzen", hat Großvater gesagt.
Jetzt setzen sie den Deckel auf den Sarg. Zappenduster, würde Großvater sagen. Mutters Gesicht ist rot. Sie schwitzt, obwohl es hier drin knochenkalt ist. Vaters Gesicht ist wie immer. Es bleibt geheim. Er sagt gar nichts. Wenn der Mann eine Seele oder so ein Dings hat, dann hat er sie dressiert wie einen Zirkusgaul. Die hohe Schule.
In die schwarzen Vögel kommt Bewegung. Einer sagt: „Hat der Schulze-Wilhelm aber wieder schöne Worte gefunden." Und ein anderer: „Diesmal hat er's aber auch wirklich nicht leicht gehabt. Bei Gott nicht." Die versteinerten Kampfgenossen stehen da mit abgekippten Köpfen. Ich hatte gehofft, es sagt einer was. Sie haben Moser-Max doch gekannt. Es ist, als fürchteten sie sich. Wovor nur? Sie haben doch sonst nicht gekniffen. Selbst als sie für viele schon tot waren, haben sie noch mitgeredet. Seitdem das mit Großvater passiert ist, sind sie alt und müde. Sitzen plötzlich auf den Parkbänken rum und reden übers Rheuma und das Wetter.
Endlich raus aus diesem Keller. Ein Tag ist das. Kocht schon am Vormittag. Die Sonne drückt wie

eine rote Faust durch den Himmel. Es ist, als würde man in den alten Buchen den Saft steigen sehen. An solchen Tagen laufen die Leute auf Zehenspitzen. Als hätte die Erde an Schwerkraft verloren. Wenn ich als Kind an so einem Morgen aufwachte, war ich überzeugt: Heute kannst du fliegen. Heute weiß ich, dass ich nicht vom Boden wegkomme. Ich träume auch seltener vom Fliegen. Dafür mehr vom Fallen.

Schön ist der Tag. So voller Licht. Die Qualmwolken, die von den Kraftwerken rübertreiben, sehen aus wie weißseidene Tücher. Heute ist der Erdgeruch stärker als der von Chemie. Man könnte glauben, es gäbe noch Märchen und Wunder.

Großvaters Sarg ist zu. Er wird entlang der schwarzen und grauen Steine getragen. Geliebt und unvergessen. Auf ewig beweint. Ein Leben hat sich erfüllt. Was wird mal auf Großvaters Grabstein stehen?

Ein Tag ist das. Ich will jetzt erzählen, was mit Moser-Max passierte. Es war an so einem Tag wie heute. Silke hatte mich ans *Hundewasser* bestellt. Sie wollte es endlich wissen. Alle anderen dachten, wir hätten es schon längst getan miteinander. Ich habe es immer wieder aufgeschoben. Wollte es und wollte es nicht. Wenn ich es mir vorstellte, hörte ich Silke dabei lachen. Je näher die Zeit ranrückte, umso schlechter ging es mir. Es war, als würde ich aus allen Fugen und Nähten gehen. Wollte mich schon ins Bett legen und krank spielen, da fiel mir Großvater ein. Aufs Moped rauf und das Gas aufgedreht bis zum Anschlag. Wollte mit ihm reden. Ein paar Worte. Vielleicht auch mehr. Bin nicht weit gekommen. Vor der Sparkasse war ein Menschenauflauf. Ich sah keinen Blechhaufen. Nichts. Aber halb Trenkau war versammelt und renkte sich den Kopf vom Hals. Leute aus meiner Klasse waren auch da. Auch Silke. Sie raunte mir zu: „Da hat einer die Bank ausgeraubt. Er ist noch da drin. Die Bullen werden gleich kommen."

Es dauerte keine drei Minuten, da kamen die Ordnungshüter mit Blaulicht und Sirene. Das Publikum wurde zurückgedrängt. Die Polizisten gingen hinter den Autos in Deckung, zogen ihre Pusterohre und zielten auf den Eingang zur Sparkasse. Einer rief durch eine Flüstertüte: „Das Objekt ist von der Polizei umstellt! Sie haben keine Chance! Kommen Sie langsam mit erhobenen Händen heraus!"

Alles wie in einem Film, der gerade gedreht wurde. Irgendwie fand ich es lächerlich. Der ganze Vorgang erschien mir meilenweit von der Realität entfernt.

Ein, zwei Minuten vergingen. Die Bullen wussten nicht so recht, was sie tun sollten. Es war, als wäre der Regisseur erst einmal Kaffeetrinken gegangen.

Da öffnete sich langsam die Tür und ein Mann trat heraus, der mir bekannt vorkam. Auf den zweiten Blick erkannte ich Großvater. Ich griff in die Luft, fand eine kräftige Stütze. Es war Silke, die sagte: „Das ist doch Moser-Max. Nicht möglich."
Da stand Großvater tatsächlich auf dem kleinen Podest vor der Sparkasse. Wie auf einer Bühne. Er stellte einen Einkaufsbeutel ab, der umkippte und aus dem gebündelte Geldscheine rutschten. Dann fiel aus seiner anderen Hand eine schwarze Pistole, die mit einem harten Klick auf den Marmorplatten aufschlug und weiterschusselte, von Stufe zu Stufe, bis sie schließlich auf der Straße liegen blieb. Und Moser-Max hob langsam die Arme. Es wirkte wie ein Auftritt, wie eine Verbeugung, wie eine Aufforderung, ihn genau anzusehen. *Er* hat uns in die Augen gesehen. Hinterher haben einige Trenkauer behauptet, er hatte gelacht. Still vor sich hin gelacht.
Es kann nicht sein, dass Großvater gelacht hat!
Zenker Ralf, der Ortssheriff, hob die Pistole auf und stieg die drei Stufen hoch. Nun stand er neben Großvater. Zenker ist für gewöhnlich ein fixer Knabe. Mit den Beinen und mit der Zunge. Stand da, als wüsste er nicht, wohin mit sich. Brüllte plötzlich los: „Verschwindet endlich, Leute! Seht zu, dass ihr Boden gewinnt!"
Es rührte sich keiner vom Fleck. Die Leute hatten

die Köpfe gesenkt. Es war still wie vor einem großen Knall. Aber der kam nicht. Ich wollte mit einem Sprung hin zu Moser-Max. Doch Silke hatte mich fest im Griff. Sie sagte, und es klang wie ein Befehl: „Du fährst jetzt nach Hause. Ich komme heute Abend zu dir. Nun gib schon Gas, Junge!“

Und ich bin tatsächlich nach Hause gefahren. Habe mich in meinem Zimmer verkrochen. Habe eine Kassette nach der anderen eingelegt. Volle Lautstärke. Silke hat sich nicht blicken lassen. Am nächsten Morgen wollte ich zu Großvater raus. Als Vater am Abend von der Arbeit kam und es ihm natürlich schon zugesteckt worden war, hat er sich über eine Stunde im Bad rasiert. Dann ist er in mein Zimmer gekommen und hat dagestanden wie ein grauer Stein. Ich habe es gespürt und habe darauf gewartet, dass er mit mir über Großvater reden wollte. In seinen Augen habe ich gesehen, wie es in ihm gearbeitet hat. Aber er hat nichts rausgebracht.

Schon auf dem Schulweg habe ich es gehört: „MMM! MMM!“ Es war wie ein Schlachtruf und hat mich fertig gemacht. Noch vorm Unterricht hat Silke mich beiseite genommen und gesagt: „Halt den Mund, Junge. Mach dich klein und grau. Das ist vorläufig das Klügste.“ In der Schule haben sie getuschelt, kaum einer ist laut geworden. Manchem habe ich angesehen, dass er ganz schön geschockt war. Die Lehrer redeten vom Amphitheater, vom nautischen Dreieck und der Konvergenztheorie, von der Syntax und der Nahrungs- und Rohstoffgewinnung aus dem Meer. In jeder Stunde wollte ich sagen: „So geht's doch nicht, Leute. Es ist da was passiert. Ich versteh's nicht. Wir müssen darüber sprechen."

Der vom Tagebau hatte schon Recht, als er sagte, ich hätte keinen Arsch in der Hose. Dieses „MMM!" dröhnte mir in den Ohren. Nach dem Krieg haben einige Trenkauer Großvater „Russe" und „rotes Schwein" genannt. Damit ist er schnell fertig geworden. Aber dieses „Moser-Max maust!" hat ihn endgültig kaputtgemacht. Als Knirps haben sie mich „Segelohr" gerufen. Von überallher habe ich es gehört. Auch von dort, von wo es nicht gerufen wurde. Es war, als gehörte ich nicht mehr zu den anderen. Ich habe mich und alle gehasst. Ich war ständig krank und es war mir recht so. Eines Tages hatte Mutter mitgekriegt, wovon ich krank bin, und sie hat es Vater erzählt. Damals hat Vater noch sprechen können. Er hat mir gesagt, ich muss lernen, mich mit meinen Segelohren abzufinden. Sie gehören zu mir und ich soll sie annehmen. Wenn ich das schaffe, würde mir alles Geschrei nicht mehr wehtun.

Irgendwie habe ich es damals geschafft. Es hat

lange gedauert und es war schwer. Ich habe es geschafft. Aber dieses „MMM!“ kann man nicht schaffen. Bin nicht zu Großvater hin, wie ich es mir vorgenommen hatte. Inzwischen saß er kurzzeitig im Untersuchungsknast und war dann wegen „nicht zu befürchtender Fluchtgefahr“ entlassen wurden. Die Pistole war nicht geladen gewesen. Ein Besserwisser im weißen Kittel hatte ihm „vorübergehende Unzurechnungsfähigkeit“ bescheinigt. Nun wartete Großvater zu Hause auf seinen Prozess.
Ich wollte vergessen, was passiert ist. Aber wenn nicht am Tag, kam es nachts wieder hoch. War wie ein Ball, den man unter Wasser drückt. Nie war mir Großvater so nahe gewesen. Ich bin in einen Fußballverein eingetreten, in einen Literaturclub und in eine Schachgruppe. Habe sogar einen Intensivkurs Japanisch absolviert. Hatte keine freie Minute mehr. War aber nirgends bei der Sache.
Mit Silke habe ich inzwischen geschlafen. Sie hat nicht gelacht. Aber ich war heilfroh, als alles vorbei war. Und jedes Mal, wenn wir es getan haben, wartete ich, dass sie doch noch lacht. Für mich war es jedes Mal wie eine Aufgabe, der ich mich nicht gewachsen fühlte. Ja, in Gedanken habe ich es mir schön vorgestellt. Da habe ich es gewollt. Und wie. Aber wenn es dann so weit war, wäre ich am liebsten abgehauen.

Nach der Beerdigung wartet Silke in der Uni auf mich. Ich soll mich kurz fassen, hat sie gesagt. Sie will es mit mir im Seminarraum machen. Ich komme da nicht mit.

Ich muss für ein paar Minuten weggetreten sein. Der Kasten ist schon im Loch. Vater, Mutter, Onkel und Tanten, die alten Recken und der Schwarm Vögel sehen mich an. Über mir ist es dunkelgrün. Es ist, als stehe drin ein Fenster offen. Es lockt so hell und so warm. Warum habe ich das Fliegen verlernt? Irgendwann konnte ich es doch mal. Aber damit ist es aus und vorbei. Ich muss mich auf der Erde zurechtfinden.

Von dieser Erde nehme ich eine Hand voll. Und nun muss ich wieder an einen Abgrund treten. Diesmal will ich es durchstehen. Moser-Max hat es oft durchgestanden. Ich will runtersehen und nicht vergessen, was ich sehe. Irgendwann muss mit Großvater was passiert sein. Es war nicht allein die alte Zeit, die ihn nicht schlafen ließ. Irgendwann in den Jahren, in denen wir alle dabei waren und als es hieß, Moser-Max macht's, ist mit ihm was passiert. Keiner hat was gemerkt. Keiner hat was gesehen. Keiner hat was gehört.

Am Abend vor dem Tag, als Großvater die Sparkasse ausräumen wollte, hatte er an viele Türen geklopft. Die Leute haben den Kopf geschüttelt und ihn weggeschickt.

Ich habe dabeigestanden, als Vater ihm sagte: „Geh jetzt nach Hause. Schlaf deinen Rausch aus!"
Aber die Flasche, die Großvater in der Hand hielt, war noch voll.
Ich werde jetzt an den Rand von Moser-Max' Grab treten und in das tiefe dunkle Loch sehen.

Das Messer

Martin Brockmann steht am Kiosk vor dem U-Bahnhof. Er trinkt Bier aus der Büchse. Nie schmeckt ihm das Helle so gut wie um diese Stunde auf diesem Schmutzfleck Erde. Um ihn herum tobt die Stadt. Eine Wahnsinnige, die durch keine Zwangsjacke zu bändigen ist.
Martin Brockmann gelingt ein Lächeln. Feierabend. Wochenende. Des kleinen Mannes Krümel vom großen Kuchen Freiheit, denkt er.
Jetzt heißt es die Arbeitswoche vergessen. Doktor Wagners forsches Türöffnen, seine nörgelnde Stimme. Der stechende Dreiklang des Telefons. Den Irrgarten aus Fachliteratur und Bauplänen. Die übermächtige Anwesenheit der Computer. Die stickige, von Zigarettenqualm und Achselschweiß vergiftete Luft. Frau Hänsels Diäthunger. Dieses ganze unsägliche Ingenieurbüro, eines der vielen verpflasterten Geschwüre in der Stadtbürokratie. Der beißende Schmerz im Magen, das schlummernde Ulcus ventriculi. Alles vergeben und vergessen. Was ist schon so wichtig, dass man es ständig mit sich herumschleppen müsste.
Nur im Vergessen findet sich Wahrheit. Aus dem Nadelkissen wird ein Ruhekissen. Das Dasein besorgt die Natur, um dein Wohlsein musst du dich

selbst sorgen. Martin Brockmanns Philosophie für den Hausgebrauch des kleinen Mannes. Du immer mit deinen Sprüchen, sagt Erika.
Martin Brockmann lacht sich frei. Die Frau im Kiosk nickt Martin Brockmann zu. Die Umstehenden, zwei Penner und ein junges Pärchen, sind mit sich beschäftigt. Aber die Frau weiß Bescheid über das Leben und seine Preise. Er hat sie noch nie etwas sagen hören, nicht einmal *bitte* oder *danke*. Doch ihre Augen übersehen nichts und sprechen eine knappe deutliche Sprache.
Sie stellt ihm eine zweite Büchse auf die Glasplatte. Martin Brockmann nimmt sie, genießt die Kühle und Würze des Biers.
Das Leben. Ja, das Leben. Es ist, wie's ist. Nimm's hin, Martin, bediene dich, sei so frei.
Beine, Frauenbeine, hier und da, das kitzelt das Herz! Ein Hauch von frischem Grün dringt durch den Benzingestank. Der Frühling, richtig, er ist im Kommen. Die ganze Stadt ist im Kommen. Das ganze Land. Von jeder Hauswand brüllt es ihn an. Alles ist *super* und *high*. Schon gut, er will es ja glauben. Wenigstens für ein paar Stunden.
Für einen Augenblick sieht er prüfend in das spiegelnde Glas der Vitrine. Dann blickt er mit geschlossenen Augen in ein Gesicht, das Schlips und Anzug- und Hemdkragen entwächst, ihm wohl bekannt, in sein Gesicht, das ihm immer noch fremd

ist: Es ist ein bürogestempeltes Gesicht, schwarzweiß und am Verblassen; in den wässrigblauen Augen geht die Anspannung in Müdigkeit über; die erschlafften Babybacken; am Kinn und der Halspartie die vielen winzigen Narben von der obligatorischen Nassrasur; die schmalen, bündigen Lippen, die zu kräftig modellierte Nase, die *Goethestirn*, die noch nicht schütteren, aber glanzlosen Haare, frisörgepflegt …

Einmal zwei Tage Zeit nehmen. Das ist doch was. Er wird Erika fragen, ob sie Lust auf eine Radtour hat. Er stellt sich ihr ungläubiges Gesicht vor.

Das ist doch ein Witz, Martin?

Kein Witz, Erika. Ich mache die Räder fahrbereit.

Du hast keine Arbeit mitgebracht?

Ach was. Los geht's.

Aber wohin denn?

Irgendwohin, Erika. Immer der Nase nach. Wir folgen einfach unserm Instinkt, verstehst du? Zurück in den Regenwald und hoch auf die Paradiesfeigenbäume.

Martin Brockmann hat es plötzlich eilig. Er zahlt, nickt der Frau im Kiosk zu, klemmt seine Tasche unter den Arm und taucht ab in den U-Bahntunnel. Er schiebt sich zwischen die Wartenden, da rauscht die Bahn auch schon heran, er erkämpft sich einen Stehplatz.

Geschafft. So muss es gehen, es geht doch, ohne

Krückstock, raus aus dem Hinken der Rückwärtsbewegung. Vorwärts im Sprint, hin zu den Wurzeln unseres Wesens.
Die Wurzeln unseres Wesens? Im abgeholzten Regenwald. Und die Früchte sind die paraffinierten Chiquitabananen!
Von mir aus eben Disneyland. Nur mal eben raus, Erika. Das Gefühl haben, ein paar Schritte wegzukommen. Ist doch gleichgültig wohin, das spielt doch überhaupt keine Rolle.
Bald steigen mehr Leute aus als ein. Martin Brockmann findet einen Sitzplatz. Er schließt die Augen, schmeckt dem Bier nach und stellt sich ein wogendes Kornfeld vor. Er spricht innerlich den Text: Ich bin *ganz* ruhig. *Ganz* entspannt. Arme und Beine sind *ganz* schwer. Wohlige Wärme durchströmt meinen *ganzen* Körper ...
Martin Brockmann schreckt hoch. Er muss geschlafen haben. Die Schönheit, die sich nur in der Tiefe zeigt, ist von Stille umgeben.
Er sieht auf eine Szene, die er zu kennen meint, obwohl er sie noch nie erlebt hat. Eine Gruppe junger Leute ist in den Wagen gesprungen. Jungen und Mädchen in schwarzer Lederkleidung wie kostümierte Schauspieler auf einer Theaterprobe. Sie lachen und schreien. Aus einem Kassettenradio tönt ein dumpf stampfender Rhythmus.
Martin Brockmann sieht sich vorsichtig im Abteil

um. Ein altes Paar sitzt in eine Ecke gedrückt. Die Frau presst eine Einkaufstasche an ihre Brust. Junge Männer, vermutlich Studenten, teilen sich ein dunkles Brot. Eine große Bierflasche wird herumgereicht. Eine Frau nimmt ihr Kind auf den Arm und deutet mit dem Zeigefinger in den dunklen Tunnel. Der Fahrgast ihm gegenüber hält sich eine Zeitung dicht vor das Gesicht. Am Wagenende sitzen wohl auch noch Leute.
Martin Brockmann zieht die Schultern hoch, senkt den Kopf und blickt unter den Lidern hervor. Die jungen Leute jagen einander durch den Wagen. Einer greift nach der Notbremse. Die anderen täuschen Bremswirkungen vor, sie stolpern, werfen sich auf die Sitze und den Fußboden, sie rollen und balgen sich wie junge Hunde.
Für einen Augenblick war es Martin Brockmann, als hätten sie die Bahn tatsächlich zum Stehen gebracht. Er richtet sich hastig auf. Ein Spaß. Aber ja doch, ein Spiel. Alle Regeln nützen nichts, wenn man sie nicht ab und zu mal übertreten kann. Besser ein paar Lachfalten als einen zugekniffenen Arsch. Sein Lachen ist schmal und gekünstelt.
„Ehej!“, schreit ein Junge. „Wen haben wir denn da?!“
Martin Brockmanns Gegenüber wird die Zeitung heruntergeschlagen. Es ist einer der kleinen Vietnamesen, die für ihn alle gleich aussehen und von

denen er manchmal billig Zigaretten kauft. In den dunklen Augen flackert Angst, der Blick ist flehend.
„Aufstehen! Nimm Haltung an, Dreckfresse!"
Ein groß gewachsener Junge drängelt sich in den Vordergrund. Wie die anderen trägt er schwarze Lederkleidung. Den nackten Oberkörper bedeckt eine kurze Weste, die seine breiten Schultern und die kräftigen Oberarmmuskeln betont. Um den Hals liegt er eine rostige grobgliedrige Kette. Ein schwarzes Tuch hat er sich um Stirn und Hinterkopf geknotet. Man könnte meinen, er sei für ein Kostümfest zurechtgemacht. Sein Kopf wirkt klein, er hat ein Kindergesicht mit misstrauisch blickenden Altenaugen. Wie er auftritt, ist er der Anführer der Gruppe.
Der Vietnamese ist aufgesprungen. Er will zur Tür, wird aber von einem Mädchen mit dem Knie in den Unterleib gestoßen. „In Ordnung, Joe? Das passte doch?", fragt sie den Großen.
„Perfekt, Zwecke", meint Joe zärtlich. „Du weißt, wie es geht."
„Ja, Joe. Wenn du dabei bist."
„Aber immer, Zwecke. Ist okay, sag ich."
Das Mädchen lehnt ihren Kopf an Joes Brust, sie steht auf Zehenspitzen. Sie lässt den Vietnamesen nicht aus dem Blick. Zwecke ist klein, hübsch ist sie, ein Nofreteteköpfchen, kaum sechzehn Jahre

alt, schätzt Martin Brockmann, und doch wirkt sie erfahren und böse hinter kindlicher Unschuld und Mädchengekicher. Auf ihre Stirn ist ein blauer Adler mit ausgebreiteten Schwingen tätowiert. An jedem Finger trägt sie einen schwarzen Ring mit spitzem Dorn, eher Waffe als Schmuck.

Der Vietnamese krümmt sich. Er zieht eine Brieftasche aus der Jackentasche, fingert einen Ausweis heraus und hält ihn mit zitternder Hand dem Anführer entgegen. „Ich bin Deutscher!“, beteuert er. „Bitte! Wenn Sie sehen wollen!“ Und wie als unwiderlegbaren Beweis fügt er seinen Namen hinzu: „Nguyen-Huy-Tuong.“ Seine Stimme wird dabei leise, die letzte Silbe verschluckt er fast und er senkt wie schuldbewusst den Kopf. Und es tritt ein, was er wohl ängstlich erwartet hat, das Gelächter der Jungen und Mädchen und ihre Rufe. „Wie? Ping-pong-peng!“

Die Bahn fährt stark gebremst in einen Bahnhof ein. Die Frau, das Kind auf dem Arm, springt auf und rennt nach draußen. Auch andere Leute verlassen hastig das Abteil. Die alte Frau will aufstehen, aber der Mann zieht sie auf den Sitz zurück. Die beiden streiten mit unterdrückten Stimmen. Von den Studenten bleibt nur einer zurück, die Brothälfte auf den Knien. Die Bahn fährt an, kommt schnell auf Geschwindigkeit.

Martin Brockmann fragt sich, warum er sitzen

geblieben ist. Ich bin noch nicht zu Hause, denkt er trotzig und versucht, sich das Kornfeld wieder vorzustellen. Er könnte mit Erika in die Heide fahren, in dieses Dörfchen. Unser Dörfchen.
Wie heißt es nur? Erinnerst du dich, Erika?
Martin Brockmann spürt wieder den hundebissigen Schmerz im Oberbauch. Er atmet flach und kurz wie im Büro. An der nächsten Haltestelle wird er aussteigen. Ein langer Spaziergang wird ihm gut tun.
„Zur Sache, Affengesicht", sagt Joe. Er zerreißt den Ausweis in zwei Hälften und wirft sie durch die geöffnete Fensterklappe. „Dass das klar ist: Bei uns gibt's keinen Beschiss. Als Deutscher wird man geboren. Deutscher *ist* man. Deutscher kann man nicht werden."
„Ist das klar?" Das Mädchen Zwecke drückt Tuong ihre zierliche Faust mit den Dornenringen gegen die Stirn. Der Mann weicht langsam zurück, bis er mit dem Hinterkopf gegen die Fensterscheibe stößt.
„Klar!", ruft Tuong gepresst. „Ja, ja! Begriffen!"
Die Jungen und Mädchen grölen. Joe sagt lässig: „Verpasse Affengesicht unsern Stempel, Zwecke. Da hat er seinen Ausweis für die Ewigkeit."
Zwecke zieht ihre Hand zurück. Noch bevor der kleine Mann sein Gesicht schützen kann, stößt das Mädchen zu, kurz und hart. Tuong schreit auf und reißt die Hände zum Kopf. Vier Blutfäden rinnen aus den wie gestanzten Löchern in seiner Stirn.

Das Mädchen lacht erregt. „In Ordnung, Joe?"
„Ist okay, Zwecke."
„Gut, Joe. Ist gut." Sie lässt sich mit erhobenen Armen rückwärts fallen. Er fängt sie auf. Die Hände auf ihren Brüsten, die wie gerundete Steine sind, drückt er sie an sich. Sich wiegend, die Gruppe hinter sich, schauen sie neugierig auf den stöhnenden Mann, dem das Blut übers Gesicht läuft.
Martin Brockmann schließt die Augen. Aber das Bild bleibt klar und stechend scharf. Ihm ist übel. Vom Magen bis tief in die Brust hinein. Er zittert, hinter der Stirn rollt eine heiße Kugel, ihm ist knochenkalt. Es will ihm kein Spruch einfallen, nichts.
Erika? Erinnerst du dich an das Dorf in der Heide?
Zögernd, von weit her und bedrängend nah, wie über eine schlechte Telefonverbindung, glaubt er ihre Stimme zu hören.
Natürlich erinnere ich mich an dieses Dorf in der Heide. Wir waren ein paar Mal dort. Damals, vor Jahren. Du hast noch studiert. Ich hatte gerade meine erste Anstellung als Ingenieur. Du sagtest, dass man hier alt werden könnte. In einem der kleinen Bauernhöfe.
Unter dem Schutz des Kirchturms, den bei Sonnenschein die Schwalben umflogen.
Damals war so etwas wie Glauben in uns.
Glauben?
Ja. Doch. An uns. An die Menschen eben. Erinnerst

du dich an die Kinder, die auf der Kastanie saßen? Sie lachten und ihre Gesichter waren rot verschmiert vom Kirschsaft …
Martin Brockmann knickt zusammen. Er meint, er hat für einen Augenblick die Kontrolle verloren. Hat er geschrien? So laut, dass es ihm in Hals und Brust wehtut?
Aber niemand hat ihn gehört. Der Student hat die Finger in das Brot gebohrt. Er schaut auf eine Deckenlampe. Die beiden Alten ziehen aneinander. Das sieht komisch aus, zum Lachen, eine Clownsnummer für die Zeit, wenn in der Manege der Raubtierkäfig aufgebaut wird. Der Alte reißt sich von ihr los, springt auf, fällt auf den Sitz zurück, schreit mit hoher, sich überschlagender Stimme: „Gesindel! Ihr seid schlimmer als wilde Tiere! Ich spucke auf euch!"
Die Frau hält ihm den Mund zu. Die Gruppe wendet sich den beiden Alten zu. Wieder drängt sich Joe in den Vordergrund und mit ihm Zwecke.
Joe ruft: „He, he, hallo! Was liegt denn hier an?"
„Ach Gottchen, ein alter, löchriger Sack", meint Zwecke. „Väterchen sollte mit Mütterchen doch längst brav im Sarg liegen."
„Gesindel! Verbrecher!", sprudelt der Mann hinter der Hand der Frau hervor.
„Du sprichst doch nicht etwa von uns, Alter?", fragt Joe.

Der Mann, die Hand der Frau auf dem Mund, nickt heftig.
„Das ist aber gar nicht fein, Großväterchen. Stimmt's Joe, das finden wir überhaupt nicht gut."
„Du sagst es, Zwecke."
„Während wir Deutschland säubern, sitzen die auf ihren fetten Ärschen. Richtig, Joe?"
„Ist okay, Zwecke. Aber immer."
„Ach, Alterchen hat ein so schönes großes Stempelkissen", ruft Zwecke. „Joe, bitte, darf ich Großväterchen unsern Stempel aufdrücken?"
Die anderen Jungen und Mädchen rufen Zustimmung. Joe meint: „Gebongt, Zwecke."
„Ist cool, Joe. Wirklich. Echt, Joe."
Zwecke, das Mädchen, die Kindfrau mit den dunkel rollenden Puppenaugen, streicht zärtlich über ihre Dornenringe. Sie flüstert: „Damit Großväterchen dem lieben Gott sagen kann, wie es so geht."
Die Frau springt auf, stellt sich mit ausgebreiteten Armen vor den Mann. „Nein", ruft sie. „Bitte. Ich flehe Sie an. Nein. Er ist doch ein alter Mann."
Und für einen Augenblick gibt es nur die beiden Frauen, Großmutter und Enkelin, und die alte Frau sagt leise: „Verstehst du denn nicht, Kleine?"
Martin Brockmann ist es, als hätte er das Mädchen leise antworten hören: „Verstehe. Ja doch, ich verstehe."
Wieder hält die Bahn. Der Student hastet nach

draußen. Auch Tuong gelingt die Flucht. Die Gruppe flucht. Sie verstellt den beiden Alten den Weg.
Martin Brockmann sieht zur Tür. Ein paar Schritte nur und er hat das hier hinter sich.
Der Name des Dorfes beginnt mit H. Und endet mit au? Heidenau? Hohbau? Hanau? Ja. So ähnlich. Vielleicht Hanau. Aber natürlich heißt es Hanau.
Die Wagentür schließt mit einem kurzen Knall. Martin Brockmann zieht den Kopf noch tiefer zwischen die Schultern, bis es schmerzt.
Er ist allein mit der Gruppe und den beiden Alten. Wo die Studenten saßen, liegt der Rest des Brotes. Die Flasche steht leer daneben. Martin Brockmann versucht, das Brot zu riechen. Er müht sich, das Bier zu schmecken.
„Beschiss das!“, flucht Joe. „Ich hätte das Affengesicht verflucht gern als Engel durch den Tunnel fliegen lassen!“
„Wir haben doch die zwei Totenköpfe, Joe“, tröstet Zwecke. „Nichts ist besser als gar nichts. Das sagst du doch immer. In Ordnung, Joe?“
„Klar, Zwecke. Wir kriegen das hin.“
„Aber immer, Joe. Immer. Alles, Joe?“
„Alles, Zwecke. Immer.“
Die Frau sitzt wieder, eng an den Mann gedrückt. Beide zittern. Zwei elende Häufchen Mensch, er-

bärmlich, dass Martin Brockmann Ekel verspürt, vor den beiden Alten, vor sich selbst, er weiß nicht, wovor noch.
„Mir ist kalt“, klagt die Alte. „So kalt.“ Der Alte deckt seine große rissige Hand über ihre Hände, die auf den zusammengepressten Knien liegen.
Die Gruppe ist unzufrieden. „Wir sind hier nicht zur Kindervorstellung, Joe!“ – „Gib Stoff, Joe!“ – „Leg was drauf, Joe! Nachlegen!“
Jemand reicht Joe eine Fackel, an die er ein brennendes Feuerzeug hält. Doch die kleine Flamme will nicht auf die Fackel übergreifen. Zwecke spitzt ihren Mund und bläst vorsichtig. Dann auch Joe. Und die anderen tun es ihm nach.
Es ist still im Wagen, fast feierlich, die Köpfe der Mädchen und Jungen drücken aneinander, ihre Kinderaugen glänzen, sie kichern und blasen, die Flamme flackert, und endlich, ganz langsam entzündet sich die Fackel. Nun blasen sie heftiger, siegessicher, und schnell entsteht ein loderndes Feuer.
Hastig ziehen sie ihre Köpfe zurück, ihr Lachen klingt verlegen.
„Sollt es warm haben, Großmütterchen und Großväterchen“, sagt Zwecke. „Es soll euch heiß werden. Brennen sollt ihr. Alles soll brennen. Diese ganze verdammte Scheißwelt soll brennen.“
Joes Hand mit der Fackel nähert sich langsam den beiden Alten, die sich gegen den Sitz drücken.

„Nein!“, schreit die Frau. „Nein! Bitte nicht!“
Der Mantel der Frau lodert auf. Der Alte erstickt das Feuer mit den Händen. Da brennt seine Jacke. Der Hut der Frau. Die Hosenbeine des Mannes. Die beiden schlagen wild um sich. Die Meute heult. Aus dem Radio dröhnt es wie Schritte schwerer Stiefel. Die Bahn rast durch den Tunnel.
Martin Brockmann glaubt ersticken zu müssen. Er steht mühsam auf, setzt sich wieder, reißt den Schal vom Hals und den Hemdkragen auf. Er hört seine Stimme, verzerrt, schwach, fremd, und doch ist es seine Stimme, seine verzerrte, schwache, fremde Stimme.
„Schluss jetzt. Nun ist aber Schluss.“
Sie haben in ihrem Gebrüll nichts gehört.
„Schluss! Aus! Jetzt ist aber Schluss!“
Martin Brockmann schreit, so kennt er sich nicht, er ist von der Wucht seiner Stimme überrascht.
Joe zieht erstaunt seine Hand mit der Fackel zurück. Zwecke starrt Martin Brockmann an, wütend über die Störung. Auch die Gruppe nimmt ihn wohl erst jetzt wahr.
Martin Brockmanns Kopf ist heraus aus dem Schutz der Schultern. Seine Augen hat er weit geöffnet. Er möchte zurück in seine Verkapselung, sich unsichtbar machen, weg sein, weit weg.
Das Dorf in der Heide. Die alte Kastanie mit den Kindern. Erika.

Die Bahn rast in eine Haltestelle. Die beiden Alten ziehen einander hoch. Taumelnd und stumm, mit auf die Brust gepressten Köpfen, verlassen sie den Wagen. Ihre Sachen glimmen noch. Ein Ekel erregender Geruch nach verbrannter Wolle bleibt zurück.
Joe befiehlt: „Lasst sie laufen. Ich denke mal, mit dem hier haben wir mehr Spaß."
Die Bahn ruckt an, sie erreicht schnell eine hohe Geschwindigkeit.
Martin Brockmann kann jetzt nicht mehr in sich selbst zurück. Er steht auf, langsam, mühevoll. Obwohl er groß ist, überragen Joe und ein paar andere Jungen ihn.
„Setz dich, Schweineschnauze", kommandiert Joe.
Martin Brockmann bleibt stehen. Er kann sich nicht setzen. Selbst wenn er es wollte. Er muss stehen bleiben.
„Setz dich auf deinen Bärenarsch!", kreischt Zwecke. Sie ist außer sich, will Joe die Fackel entreißen, aber der hält sie fest.
„Bevor wir dich platt machen, Klugscheißer, kastriere ich dich!", schreit Zwecke. „Kinderficker!"
Diese Angst, sagt Erika von weither. Immerzu diese Angst. Ja, denkt Martin Brockmann. Aber nicht mehr so schlimm wie vorher.
„He, du leerer Sack! Bist du vielleicht taub?!", ruft Zwecke. „Wir machen dich jetzt alle!"

Martin Brockmann sagt erstaunlich ruhig: „Nun bleib cool, Zwecke."
„*Cool!* Was weißt du denn schon von *cool*, he? Es ist unser Wort, hörst du! Und wir lassen es uns von einem Scheißer nicht wegnehmen!"
„Ganz ruhig, Zwecke", hört Martin Brockmann sich sagen. „Ganz ruhig."
Martin Brockmann ist erstaunt, dass seine Stimme funktioniert, dass sie beherrscht, ja ruhig klingt. Er probiert es gleich noch einmal: „Warum regt ihr euch so auf?"
Zweckes Fingernägel krallen sich in Joes Brust.
„Du, Joe, ich kenne diese Scheißer! Sie quatschen und quatschen! Und dann legen sie dich um! Sie liegen satt und fett auf einem! Und man muss stillhalten. Und sie hecheln dir die ganze Luft weg, die du zum Atmen brauchst!" Das Mädchen stößt einen gellenden Schrei aus. Martin Brockmann kann gerade noch ihrem Faustschlag ausweichen.
„Du kennst mich nicht, Zwecke", sagt Martin Brockmann. „Soll ich dir sagen, wer ich bin? Mein Name ist Brockmann. Martin Brockmann. Ich bin sechsundvierzig Jahre alt. Ich weiß, das ist für dich finsteres Mittelalter. Auch ich wollte nie so alt werden. Aber nun bin ich es. Und ich muss sehen, wie ich zurechtkomme. Manchmal denke ich, es ist Schluss. Aus. Ende. Aber dann geht es doch weiter. Man sagt sich, es *muss*. Ja, warum eigentlich?"

Und Martin Brockmann erzählt mit knappen Worten von sich. Dass er hier in der Stadt aufgewachsen ist und einmal die weite Welt für sich erobern wollte. Fußballer wollte er werden, Ingenieur ist er geworden. Erika, eine Studienfreundin, hat er geheiratet. Dass sie fünf Kinder haben wollten, aber, leider, keins bekamen. Und dann über Nacht, das Gefangensein im Alltag, einmal im Jahr eine Reise, egal wohin, nur weg …
Martin Brockmann fragt: „Kennst du das? Das Gefühl, aus all dem raus zu sein? Die Tür hinter sich zugeschlagen zu haben? Das ist – das ist wie Fliegen aus eigener Kraft …“
Sie haben ihm zugehört. Tatsächlich. Man muss sie nur ansprechen. Mit ihnen reden. Dann hören sie einem zu.
Da würgt Zwecke und spuckt ihm ins Gesicht. „Ein schlapper kleiner Arsch. Wirklich zum Kotzen das Gewäsch.“
Sie erscheint ruhiger, erschöpft, sieht kurz auf die Sitzbank hinter sich, bleibt aber stehen. Auch Joe und die anderen wirken schlaff und – angewidert. Martin Brockmann reibt mit dem Handrücken seine Stirn. Er fühlt nichts, weder Kälte noch Wärme.
„Warum?“, hört er sich fragen. „Warum eigentlich?“
Er würde sich verdammt gern setzen, die Augen schließen, ruhig werden und fahren, weiter durch

diesen endlosen Tunnel. Wohin? Irgendwohin ist nirgendwohin.
„Warum das alles?“
„Der kleine Arsch hat alles verdorben“, sagt Zwecke kraftlos. Sie lehnt sich an Joe.
Der spuckt auf den Boden zwischen die dunklen Blutflecke. „Heule uns nur nicht an, Arschgesicht. Das macht einen Mann ja total kaputt, so was.“
Die Bahn fährt abermals in einen Bahnhof. Sie kommt sanft zum Stehen, als sollte an dem entstandenen Bild im Wagen nichts verrückt werden.
„Abgang, Zwecke“, sagt Joe. Er legt seinem Mädchen den Arm um die Schultern. Zwecke leistet Widerstand, lässt sich aber doch mitziehen. Die Gruppe drängt zur Tür.
Martin Brockmann will durchatmen, er wagt es noch nicht, er fühlt: Irgendwas kommt da noch auf ihn zu.
Da ruft es aus der Gruppe: „Kameraden! Der hat ja ein Messer!“
Lautlos schließen die Türen. Geschossartig bewegt sich die Bahn ins Dunkel. Vor Martin Brockmann drängen sich die Jungen und Mädchen.
„Was sagt ihr da?“ Joe schüttelt heftig den Kopf. „Ein Messer?“
In Zwecke ist plötzlich diese verbissene Kraft zurückgekehrt, eine gequälte Katze, die fauchend um sich beißt. „Ich sag’s doch: dieser Scheißer!“

Ihr Nofreteteköpfchen glüht. Ihre schwarzen Augen sind voll Hass.
„Du bist ja ein ganz scharfer Hund", sagt Joe noch immer überrascht. „Zeig uns dein Spielzeug. Zeig's uns!"
Martin Brockmann steht gekrümmt, mit dem Rücken an das Fenster gedrückt, den bleiernen Kopf im Schraubstock der Schultern. Er sieht auf das Messer in seiner Hand.
„Das Messer, Scheißer!" Zweckes Stimme sticht ihm das Geschwür im Magen auf. „Her damit!"
„Ja", sagt Martin Brockmann ergeben. „Das Messer …"
Martin Brockmann kann sich nicht erklären, wie das Messer in seine Hand kam. Er hatte es in der Hinterlassenschaft seines Vaters gefunden, in einem Schubfach des wurmstichigen Schreibtisches zwischen Werkzeugen und Papierkram. Er hat den Inhalt der Schublade in einen Karton getan und mitgenommen.
„Das Messer, Mann!"
„Her damit, Scheißer!"
„Das Messer. Ja, das Messer …"
Erika wollte, dass er das Messer wegwarf. Aber dazu war es ihm zu schade gewesen.
Martin Brockmann hält das Messer ungeschickt vor dem Bauch, die Klingenspitze unwillkürlich auf die Gruppe gerichtet.

Joe ist ein Stück zurückgewichen. Doch Zwecke greift überhastet zu. Sie schreit kurz auf zwischen Lust und Schmerz.
„So eine Sau! Sticht tatsächlich zu!"
Hat er tatsächlich zugestoßen? Mit dem Messer? Er? Martin Brockmann? Die Spitze des Messers ist dunkel. Nur etwas. Aber sie glänzt nicht wie die übrige Klinge. Ist sie rot? Ja, das könnte Blut sein. Blut? Blut!
„Seht doch", sagt Joe überrascht. „Das ist ja ein Fahrtenmesser der Hitlerjugend. Her damit, Scheißer!"
Martin Brockmann hält den Griff des Messers fest in seiner Hand. Es fühlt sich – gut an. Wie für seine Hand gemacht. Da ist diese unerklärliche, wie in plötzlichen Fieberschüben wiederkehrende Angst in ihm. Ein Frieren, das aus der Hitze kommt. Oder ein Schwitzen, von der Kälte verursacht.
„Lasst mich gehen. Bitte. Ich bitte euch …", sagt er.
„Reich das Messer rüber, Mann", sagt Joe. „Mit dem Griff nach vorn."
„Nein!" Martin Brockmann hat es geschrien. Gebrüllt hat er es. „Nein …"
„Nein? Was soll denn das heißen, Mann?"
„Nein."
„Mach ihn endlich alle, Joe. Los doch. Mach schon." Zwecke hechelt nach Luft. Es ist, als müsste sie ersticken.

„Nein, nein, nein …“, sagt Martin Brockmann und es ist fast ein Singen.
„Mach schon, Mann“, sagt Joe geduldig. „Reich rüber.“
Zwecke versucht Joe die Fackel aus der Hand zu reißen. Sie ringen miteinander. Die Gruppe steht im Hintergrund und sieht zu. Die U-Bahn rast lautlos durch den scheinbar immer enger werdenden Tunnel, nun auch an den Haltestellen vorbei. Das Licht im Wagen flackert. Dann bleibt es dunkel.
Erika?
Ja, Martin, ja.
Vor Martin Brockmanns Gesicht lodert die Fackel auf. Er verspürt die Hitze in seinen Augen. Stehen bleiben möchte er. Nur stehen bleiben. Und doch kommt er ins Schwanken. Ganz leicht anfangs. Fast tanzend. Er verspürt einen heftigen Schmerz in der Stirn, der augenblicklich seinen ganzen Körper umfasst. Er verspürt keinen Schreck, nur Erstaunen, und er sieht sich wie in einem Film, in Zeitlupe sieht er sich in die Knie gehen. Angenehm warm rinnt es über sein Gesicht, über seine Hände, durch die Brust in den Magen, ins Geschlechtsteil, und er verspürt eine wilde Lust, wie in den Träumen seiner Jugend. Da fällt er, er lässt sich fallen, lange und leicht, ein Schweben fast …

Gefangen

Hallo Sonja,
wie geht es denn so? Bist du okay? Mir geht es gut, verdammt gut.
He, ich bin es. Frank. Frank Gutwasser. Fränki-Boy. Dein Gesicht möchte ich sehen, wenn du von mir einen Brief erhältst. Du hast dir ja immer viele Briefe gewünscht. Mit einem russischen Mädchen hast du dich jahrelang geschrieben. Nun kriegst du eben einen Brief von mir. *Warum*, wirst du sofort wieder fragen. Nur so. Tatsache, es ist eine Ewigkeit her, dass wir voneinander gehört haben.
Ich schreibe dir aus dem Knast. Nun krieg nicht gleich einen Herzanfall. Wenn du in Ohnmacht fallen willst, leg dich vorher auf die Matratze.
Übrigens kein Grund zur Panik. Ich bin nur auf Kurzurlaub hier. Ein paar Tage U-Haft. Gut für die Nerven. Und auch sonst alles einwandfrei. Die reinste Sauerstoffkur also. Ich denke, man muss alles mal mitgenommen haben. Irgendwann muss doch mal etwas hängen bleiben. Wahrscheinlichkeitstheorie. Etwas, das sich lohnt festzuhalten.
Warum ich dir schreibe? Keine Angst, ich will nicht unserer verflossenen Liebe nachheulen. Keine Ahnung, ob mein Brief überhaupt bei dir ankommt. Ich habe an deine alte Adresse geschrieben.

Als du damals weggegangen bist, habe ich nicht gefragt, wohin. *Damals*, das klingt, als wäre es eine Ewigkeit her. Es sind gerade so zwei Jahre. Und doch ist es eine Ewigkeit. Mir ist es, als hätte sich damals unsere Kindheit endgültig verabschiedet. Es war, als hätte mich einer ins eiskalte Wasser gestoßen. Und ich konnte plötzlich nicht mehr schwimmen. Wie in so einem blöden Traum, in dem man auf dem Bahnhof steht wie angewurzelt, während alle Züge abfahren.
Aber es geht mir gut. Verdammt gut. Ich habe mich freigeschwommen. Aber immer. Das kannst du mir glauben. Sonja.
Ich bin doch kein Schwächling. Ich habe Power. Und vor allem: Fränki-Boy ist nicht blöd. Mir kann keiner mehr etwas vormachen. Ich weiß, wie die Igel den Hasen sich zu Tode laufen lassen. Sie sitzen mit ihren Breitärschen im Ledersessel und sind doch immer zuerst am Ziel.
Erinnerst du dich? Du im Konfirmationsunterricht. *Ich bin der Herr, dein Gott. Du sollst nicht andere Götter haben neben mir.*
Ich bei den Thälmannpionieren. *Ich gelobe zu lernen, zu arbeiten und zu kämpfen wie es Ernst Thälmann lehrt! Seid bereit! Immer bereit!* Du, ich kenne keine Gebote mehr. Und meine Gesetze mache ich mir selbst.
Und du? Willst du immer noch drei Kinder? Hast du schon den Vater dafür?

Übrigens habe ich heute Geburtstag. Von Beileidsschreiben bitte ich abzusehen. Immerhin habe ich achtzehn Sommer auf dem Buckel. Und nicht weniger Winter. Mir kann keiner mehr was. Das Abi habe ich längst hingeschmissen. Warum zu all den Eierköppen noch einen dazuzählen. Du siehst ja, dass sie die Welt nicht mehr im Griff haben. Und Deutschland geht vor die Hunde. Ein Eierkopp hat mal gesagt, die Insekten würden die Weltherrschaft gewinnen. Mit all den Schmeißfliegen meinte der wohl die Ausländer, die in Schwärmen über uns herfallen und uns wegfressen wollen. Es muss endlich aufgeräumt werden. Es muss endlich wieder Ordnung herrschen. Kein Spiel ohne Regeln. Regel number one: *Ich muss zuerst den Finger am Abzug haben!* Regel number two: *Ich muss genau treffen können!* Und schließlich Regel number three: *Ich muss nicht heulen, wenn ich lachen muss!*

Wie gesagt, das Studium ist passé. Nichts mit großem Erfinder. Die Dinge liegen auf der Hand.

... der am soundsovielten in L. geborene Frank S. ist dringend verdächtig, einer rechtsradikalen Organisation anzugehören und an mehreren Überfällen auf Asylantenheime, wobei schwerer Personen- und Sachschaden entstand, beteiligt gewesen zu sein. Bei einem in Heim Z. gelegten Brand kam es zu zwei Todesfällen von Asylbewerbern aus ...

Beim Hofgang spuckte mir doch so ein Penner, der

nicht einmal seinen eigenen Namen schreiben kann, eine richtige Dreckfresse, ein Dieb und Betrüger, ins Gesicht. Er sagte: „Du Nazisau. Bleib bloß in deiner Zelle. Mörder."

Ich bin doch kein Mörder. Sorry. Ich habe getan, was ich musste. Verdammt. Jeder will nur noch die große Kür laufen. An die Pflicht denkt keiner mehr. Sonja.

Es ist schon in Ordnung. Es ist nichts. Sagte ich schon, dass es mir gut geht. Ich bin voll da. Weißt du, die Leute haben doch keine Ahnung. Die ganze Geschichte muss neu geschrieben werden. Nicht mit Jahreszahlen, Namen und Sprüchen. Sondern mit Taten. Nicht von den Alten. Die denken doch nur noch an ihren vergoldeten Sarg, in dem sie überleben wollen. Wir Jungen aber wollen das Leben. Und wir kriegen es. Weil wir den Mut zum Kampf haben. Oder wir krepieren. Na und.

Sie haben uns belogen. Alles ist Lüge. Die Wahrheit ist eben nicht zu kaufen. Sie kostet nun mal Blut. Lüge, sage ich dir. *KZ.*

Ermordung von Millionen Juden. Und was sie sonst alles behaupten, um sich rein zu waschen. Lügen. Ablenkungsmanöver. Sieh sie dir doch an, die Juden. Es gibt jede Menge von ihnen. Viel zu viele. Sie tarnen sich nur mit deutschen Gesichtern und deutschen Gewohnheiten. Sie sind Fremde. Ich kann sie nicht riechen, die Fremden. Sie stinken.

Verdammt, Sonja, es stinkt gewaltig! Und manchmal ist mir, als müsste ich an all dem Gestank ersticken!
Ich bin allein in einer Zelle. Keine Ahnung, warum. Beschiss. Überall Beschiss. Allein. Sie haben mir alles weggenommen. Aber es geht mir gut. Ich kriege die Zeit schon herum. Dass die sich nur nicht täuschen. Fränki-Boy macht nicht schlapp. Er ist kein Schlappsack wie sein Alter. Und er ist auch keine Nutte wie die Alte, die sich einmal meine Mutter nannte. Ich bin verdammt froh, endlich allein zu sein. Das musst du mir glauben. Die denken hier tatsächlich, sie können mich fertig machen. Aber ich lasse mir eine Menge einfallen. Du wirst vielleicht lachen, aber ich spiele eben ein bisschen. Ich sehe was, was du nicht siehst. Knobeln. Skat. Schach. Wer sagt denn, dass man nicht mit sich selbst spielen kann. Ich kann es. Fränki-Boy kann allein sein.
Und nachts. Diese Dunkelheit. Sie kann mir nichts anhaben. Ich pfeife drauf. Auf alles pfeife ich. Nachts erzähle ich mir eben Geschichten. Ja, auch Märchen. Ich kenne sie alle noch. *Tausendundeine Nacht. Der Soldat mit dem Feuerzeug. Die schöne Wassilissa. Däumling.* Ja, *Der Froschkönig.* Wie die jüngste Königstochter, die so schön war, dass die Sonne blass wurde, beim Spiel ihre goldene Kugel in den Brunnen fallen ließ. Und wie dann der Frosch, so

ein grünes Monster, ihr die goldene Kugel wiederbringen wollte, wenn sie ihm schwor, dass er mit ihr ins Bett dürfe. Die Lady versprach dem Grünling alles und bekam ihre goldene Kugel zurück. Aber mit ihrer guten Laune war es vorbei, als der Kalte unter ihre Bettdecke kroch. Peng und klatsch, sie warf ihn an die Wand und schon stand der schönste Königssohn vor ihr. Am besten hat mir immer gefallen, wie der treue Heinrich, der Butler des Königsohnes, die beiden mit der Kutsche abholt und es immerzu kracht.

„Heinrich, der Wagen bricht.“ –
„Nein, Herr, der Wagen nicht,
es ist ein Band von meinem Herzen,
das da lag in großen Schmerzen,
als Ihr in dem Brunnen saßt,
als Ihr eine Fretsche wast.“

Sonja, so einen Kumpel wie den treuen Heinrich wünschte ich mir immer. Einen Menschen, dem man glauben kann. Nur einen Menschen. Ein einziger Mensch. Der müsste doch aufzutreiben sein. Aber ich bin nicht allein. Denke nicht, dass ich mich einsam fühle. Es tut verdammt gut, dass man einmal nicht bei jedem Schritt über eine Menge Leute stolpert. Und überhaupt – *Rumpelstilzchen* ist mir heute am liebsten. Er ist ein kleiner Mann, na bitte, und er will den großen Kuchen nicht nur den Chefs überlassen. So sehe ich das. Er weiß zu viel

von den Machern. Von ihrem Scheiß an den Schuhsohlen. Und ich kann mich verdammt freuen, wenn Rumpelstilzchen um das Feuer springt und singt:
„Heute back ich, morgen brau ich,
übermorgen hol ich der Königin ihr Kind;
Ach, wie gut ist, dass niemand weiß,
dass ich Rumpelstilzchen heiß!“
Aber da kommt der Schluss. Das Ende.
„Nun, Frau Königin, wie heiß ich?“
„Heißest du Kunz?“
„Nein.“
„Heißest du Heinz?“
„Nein ...“
Es gibt kein Ende. Wenn ich will, ist kein Schluss. Ich sage, es beginnt. Und es beginnt alles.
Sonja. *Damals*, was ist das? Wir waren gut, schön und klug. Ich war ausgezogen, um gegen das Böse, Hässliche und Dumme zu kämpfen. Dich wollte ich gewinnen, Sonja. Über siebenmal sieben Berge wollte ich gehen, durch siebenmal sieben Länder, hinter jede Tür wollte ich sehen, und alle Fenster wollte ich aufstoßen.
Weißt du noch, weißt du noch! Wir wohnten in demselben Haus. Wohnung an Wohnung. Unsere Zimmer trennte nur eine Wand. Wir entwickelten ein System von Klopfzeichen, mit denen wir uns alles mitteilen konnten. Wir waren immer füreinander erreichbar. Auch nachts, wenn wir gut oder

schlecht geträumt hatten. Hörst du sie – meine Klopfzeichen? Hör mal. Hör doch mal.
Das Haus, in dem wir wohnten, war eine Bruchbude. Die ganze Stadt fiel ja fast auseinander. Im Treppenhaus roch es nach Toilette, Schnaps und Rheumaeinreibung. Die Nässe kroch die Wände hoch. Wir wohnten unterm Dach. Im Winter war es kalt, im Sommer gab es dicke Luft. An den Wochenenden spielte der alte Meißner, der den alten Seebär mimte und nie nüchtern war, auf seinem Akkordeon. Im Keller wurde Holz gehackt. Der Bratenduft überdeckte alle anderen Gerüche. Wir spielten im Hinterhof mit Stelzmanns Kaninchen. Wenn wir herauskriegten, welches er schlachten wollte, haben wir es ins Rosental getragen und freigelassen. In der Schule saßen wir nebeneinander. Du hast mir vorgesagt, wenn ich hängen blieb. Und ich habe dir beigebracht einen Ball zu köpfen und Elfmeter zu schießen. An den Sonnabendnachmittagen gingen wir ins Kino. Da war Power in der Luft. Action total. Diese vielen Stimmen. Lachen. Geschrei. Püffe. Um die Weihnachtszeit auf der Bühne der große Tannenbaum. Und wenn das Licht dann langsam ausging. Es blieb uns einfach die Luft weg. *Das goldene Schlüsselchen.* Ein Stück Holz, das lebendig wird. Verrückt. Wunderbar verrückt. *Buratino.* Dieser kleine Verrückte, der alle lieben will, nichts weiß und alles glaubt.

„Da drüben, da drüben, da, da …"
Der erste Kuss, Sonja. Weißt du noch, wo du ihn mir gegeben hast? Und warum? Du hattest in der Kaufhalle irgendwas mitgehen lassen. Ein Päckchen Kaugummi. Westgummi, der nach *drüben* schmeckte und mit dem man sich nicht den Kiefer ausrenkte. Irgend so ein Aufpasser hat es mitgekriegt. In der Schule sollte deswegen ein großer Zirkus stattfinden. Das Jüngste Gericht, so in der Richtung. Du hast Fieber bekommen und es hat dich umgelegt. Da habe ich gesagt, ich hätte es getan. Nun sind die frustrierten Pauker über mich hergefallen. Sie hatten gerade selbst wieder einmal Prügel bezogen. Es hatte wieder einmal einen Pädagogischen Kongress gegeben, bei dem die Partei sie auf dem Zahnfleisch kriechen ließ, weil einige von ihnen den sozialistischen Kniefall zu wenig üben ließen. Nun, Fränki-Boy hat gleich brav Besserung versprochen. *Wir Thälmannpioniere lernen fleißig, sind ordentlich und diszipliniert!* Und gleich noch eins drauf: *Wir Thälmannpioniere halten unseren Körper sauber und gesund, treiben regelmäßig Sport und sind fröhlich!* Die Hacken zusammengeknallt, stramm gestanden und die Hand zum Pioniergruß erhoben. Als alles überstanden war, habe ich dich aus dem Bett geholt. Wir sind wie blöd durch die Stadt gerannt. Einer dem anderen hinterher. Wohin? Irgendwohin. Plötzlich bist du stehen

geblieben. Ich bin in deine ausgebreiteten Arme gerannt. Und du hast mich auf den Mund geküsst. Ich stand ein paar Tage unter Schock. Tatsache. Von da an war alles anders. Ich dachte, jetzt bin ich ein Mann. Und ich wusste, wir gehören zusammen. Für immer und ewig. Frank und Sonja.
Ich habe Heimweh, Sonja. *Damals.* Ich möchte zurück. Auch wenn ich damals vorwärts wollte. Irgendein Schlaumeier, den man an jeder Straßenecke der Welt trifft, hat gesagt: Wem die Gegenwart bitter schmeckt, der versüßt sich die Vergangenheit. Und wenn schon. Ich möchte noch einmal mit dir alle die Wege bis zur Wegkreuzung mit den vielen Schildern, die einem alles versprechen, gehen. Und diesmal werde ich unsern Weg wählen. Ich verspreche dir, dass wir nicht auseinander gehen müssen.
Weißt du noch, wie wir wochenlang an diesem Puzzle gearbeitet haben? Irgendeine Tante aus dem Westen hatte es dir geschickt. Sonst konnten wir kaum eine Minute stillhalten. Aber da haben wir Stück für Stück ins Ganze eingefügt. Und als es fertig war – wir waren still vor Stolz. Das Bild zeigte eine Landschaft. Ein mächtiges Gebirge. Im Tal ein Dorf. In der Mitte eine Kirche. Ein Haus haben wir uns ausgesucht. Es stand am Rand des Dorfes, man konnte nur das Dach und ein Fenster sehen, das offen stand und in das die Sonne schien. Wir haben es *unser Haus* genannt.

Weißt du noch, wie an einem heißen Sommerabend im *Salon Florenz*, in dem man sich selbst auf den Zehen stand, das Vanilleeis schmeckte? Wie weiß der Schnee war? Wie du dich beim Rodeln an mich klammertest? Wie es im Frühjahr aus dem Auenwald nach Bärlauch roch? Wie wir uns vor dem *Kindermörder* in einem Keller verkrochen? Wie wir im Kanal tauchten und nach den kleinen Plötzen haschten? Wie wir zwischen den Buchseiten Blätter trockneten? Wie wir Weihnachten voller Geheimnisse waren? Wie Micha im Sarg lag und wir nicht glaubten wollten, dass er tot war? Wie fest wir uns an den Händen hielten? Weißt du das alles noch, Sonja?
Wie wir älter wurden? An was wir alles glaubten. An alles, was sie uns sagten. An *Frieden und Sozialismus*. An den *Klassenkampf*. An die *Völkerverständigung*. An die *Internationale Solidarität*. An *Alles zum Wohle des Volkes*. An die *Sozialistische Weltrevolution*. Für das alles wollten wir kämpfen. Die *Freie Deutsche Jugend* als *Kampfreserve der Partei*. Bei jedem Aufmarsch waren wir dabei. Wir haben uns die Hände heiß geklatscht und geschrien: *Hurra!*
Weißt du noch, als wir uns zum ersten Mal liebten? So richtig liebten. Das war in der Sowjetunion. In Moskau. Wir hatten die Reise als Auszeichnung für unsere gesellschaftliche Arbeit bekommen. Am Tag hatten wir uns Moskau angesehen. Den Abend hat-

ten wir mit Komsomolzen außerhalb der Stadt an einem Lagerfeuer verbracht. Wir hatten diskutiert und gesungen. *Dich, mein stilles Tal, grrruß ich tausendmal ... He-uch-nem, He-uch-nem. Fasst das Tau und ruft noch mal ...* Diesen salzigen Trockenfisch haben wir gegessen und Wodka aus Wassergläsern getrunken. *Na sdorovje, Pjotr. – Na sdorovje, Frank.* Es war fast Morgen, als wir ins Hotel kamen. Die anderen haben irgendwie gespürt, was Sache war. Die Jungs haben uns ihr Zimmer überlassen. Wir waren nicht betrunken, als wir nebeneinander lagen. Zuerst haben wir uns nur berührt. Gestreichelt. Überall. Keinen Fleck haben wir ausgelassen. Und dann haben wir uns geliebt. Es war schön. Aber es hat uns auch traurig gemacht. Wir wussten nicht, warum. Ein Abschied, vielleicht ...
Es war August, als wir wiederkamen. Da lag was in der Luft. Die Leute schimpften immer lauter. Randale dort. Kerzenlicht da. Polizeiprügel. Verhaftungen. Der Sommer war heiß und stickig. Du warst ständig müde. Fühltest dich krank. Es war nichts mehr anzufangen mit dir. Keine Ahnung, was mit dir passiert ist. Ein Typ war es wohl nicht. Da bin ich mir ziemlich sicher. Für dich lief doch alles bestens. Klassenerste. Wunschstudienplatz schon sicher: Medizin. Klassefrau. Jede Menge Taschengeld. Pakete von der Westtante. Scharfe Klamotten. Und zwischen uns lief es doch auch ganz gut. Bis

dahin jedenfalls. Da hast du gesagt: „Das hat doch alles keinen Sinn mehr."
„Was denn?", habe ich gefragt.
„Alles eben", hast du geantwortet.
Dann hast du dich plötzlich für Kirchen interessiert. Ich sollte mal mitkommen. Da drinnen wäre es schön kühl und man könnte gut nachdenken.
„Worüber denn nachdenken."
„Wie es ist."
„Ich finde es gut, wie es ist. Ich weiß, was ich will."
„Und was willst du?"
„Dich will ich, Sonja. Und dass es so bleibt, wie es ist."
„Mensch, Frank. Nichts bleibt, wie es ist. Alles muss sich ändern. Oder es stirbt."
„Reiß dich zusammen, Sonja. Das ist die Hitze. Komm, wir fahren baden."
„Keine Zeit, Frank. Keine Zeit zum Baden."
Einmal haben wir uns bei den Montagabenddemos gegenübergestanden. Du hast ein Plakat getragen: *Für Freiheit, Gleichheit, Brüderlichkeit!* Ich war mit einer *Mannschaft* unterwegs. Wir sollten die Demo sprengen, hat man uns gesagt. Stören. Überall stören. Als ich dich am anderen Ufer sah, hat mich die Wut gepackt. Mir war, als hättest du mich mit einem anderen betrogen. Ich habe dir das Plakat aus den Händen reißen wollen. Du hast es festgehalten.
„Lass los!"

„Lass du doch los!"
„Loslassen! Lass endlich los!"
„Nein!"
Ich habe irgendeinen Kerl krankenhausreif geschlagen. Dann wurde ich abgedrängt und an eine Hauswand gedrückt.
Im Fernsehen, in der Spätausgabe der Tagesschau habe ich gesehen, wie wir aneinander gerissen haben. Ich habe unsere Gesichter gesehen. Nein, habe ich gedacht. Nein! Niemals! Bitte nicht. Ich wollte zu dir kommen, noch in dieser Nacht. Ich habe diese paar Schritte nicht geschafft. An jedem der nächsten Tage wollte ich dich sehen. Ich wollte mit dir sprechen. Ich wollte dir sagen ... So vieles wollte ich dir sagen. Alles.
Bei jeder Montagsdemo war ich dabei. Doch ich bin dir nicht mehr begegnet. Ich habe viele Bekannte und Freunde getroffen. Ihre Namen habe ich einem Herrn *Müller* genannt. Wir haben uns im Café *Melodie* getroffen. Er hat mir versichert, dass der Spuk bald zu Ende sei. Dafür würde gesorgt werden. Alles wird wieder werden, wie es war. Mir geht es gut, Sonja. Wirklich fantastisch. Einwandfrei. Was können die mir denn wollen. Keiner kann mir was. Keiner. Damit ist es vorbei. Endgültig.
Und doch immer wieder diese Nacht, Sonja. Sie kommt und kommt – und geht nicht vorüber ... In dieser Nacht sind wir losgezogen. Paul, Mengele,

Fränzis, Eichmann, Paloma, die ganze Truppe eben. Meine Kumpels, du verstehst. Einer für alle, alle für einen. Wir haben in so einem Ausländerschuppen Feuer gelegt. Ein bisschen einheizen wollten wir denen. Sie sind doch auch Menschen, wird doch gesagt. Warm sollten sie es haben. Heiß sollte uns werden. Die Baracken brannten wie ein bestelltes Feuerwerk. Die Ratten kamen aus den Löchern. Wir empfingen sie mit unseren Baseballschlägern. *Jeder Schuss ein Russ'. Jeder Stoß ein Franzos. Jeder Hieb ein Dieb.* Eine Menge Blut ist geflossen. Drei Tote soll es gegeben haben. Auch Paloma ist dabei über Bord gegangen. *Weiße Taube, ade.*
Ich habe keine Angst, Sonja. Vor keinem Menschen. Vor nichts und niemand. Nie und niemals, Sonja.
Na schön, vielleicht bin ich ein Mörder. Das lässt mich kalt. Alles lässt mich kalt. So locker habe ich mich noch nie gefühlt. So unverwundbar.
Heil, heil, heil! Heil, lieber Gott! Heil, Jesus Christus! Heil, Cäsar! Heil, Hitler! Heil, Honecker! Heil, Jelzin! Heil, Clinton! Heil, Saddam! Heil, Fortschritt! Heil, wer?! Heil, wohin?! Heil, wie denn?! Heil, was denn?!
Hallo, Sonja. Ist okay. Alles okay. Wirklich einwandfrei. Kein Grund zur Aufregung. Nach der *Wende* bist du weggezogen. Nach drüben. Conny meinte, du hättest gesagt: „Ich kann hier weder

schlafen noch wach sein. Ich gehe hier auf Knien im Kreis. Ich muss endlich über die Grenze."
Auch ich bin über die Grenze, Sonja. Über alle Grenzen bin ich. Das schafft man nur im Flug. Du verstehst. Das Abheben ist am schwersten. Das Loslassen eben. Luft unter die Flügel kriegen. Und dann aufwärts gleiten. In Spiralen. Höher und höher schrauben. Sich tragen lassen. Wohin …?
Du bist weggegangen, Sonja. Wind- und Funkstille. Absolute Flaute. Nicht einmal nichts. Nachts habe ich wach gelegen. Ich habe auf Klopfzeichen gewartet. Tags bin ich gelaufen. Immer im Kreis. Immer an einem Abgrund entlang. Ich habe auf Dachrändern gestanden. Mit geschlossenen Augen. Aber ich bin nicht abgestürzt.
Keine Ahnung, warum nicht.
Ich bin immer wieder nach Hause gerannt, um mit meinen beiden Alten zu reden. Endlich einmal mit ihnen zu reden. Nach all den Jahren Blabla. „Was ist denn nun?", wollte ich sie fragen. „Was denn?!" Aber Mutter war jetzt nur noch unterwegs. Gymnastik. Kino. Kunstgespräche. Vorträge. Diskussionen. Englischkurs intensiv. Vater in der guten Stube. Mit hochgekrempelten Hemdsärmeln. Beide Hände in einem seiner Aquarien. Irgendeine Fischbraut laicht. Einem Skalar hängen die Flossen. Eine neue Pflanze wird verankert. Punkt zehn geht der Mann zu Bett. Er säuft nicht. Er raucht nicht.

Keine Süßigkeiten. Keine Weiber. Nichts. Nur Arbeit und Zierfische. Und: „Geht schon in Ordnung." In seiner Blechbude sind fast alle arbeitslos. Er nicht. Der Mann arbeitet für ein Taschengeld. Pünktlichkeit: Eins. Ordnung: Eins. Fleiß: Eins. Und wenn alles zusammenbricht: Robert wird nie entlassen. Mutter ist inzwischen auf und davon. Auf großer Tour. Gen Westen. Die Frau schickt bunte Karten. Frankfurt. Frankreich. Spanien. Portugal. USA. Weiter, immer weiter. Auf jeder verdammten Karte steht weiter nichts als: *Annelies*. Fast nur ein Strich, als hätte sie nicht einmal dafür Zeit.
Also ich habe dann nur noch herumgehangen. Bier. Schnaps. Wein. Alles, was Prozente hat. Manchmal ein paar Tabletten. Mehr nicht. Nach einer Prügelei, bei der ich zwei Mann k. o. gehen ließ, hat mich so ein Glatzkopf angesprochen. Er hat gemeint, dass meine Rechte ein gewaltiger Hammer wäre. Ob ich nicht Lust hätte, etwas Sinnvolles damit anzufangen.
So bin ich zu den Skins gekommen. Ich habe Kumpel gefunden. Echte Kumpel, die dich nicht allein lassen, wenn es brenzlig wird. Mit denen du reden kannst. Und ich kann wieder an etwas glauben. Die Jungs wissen, wo es lang geht. *Deutschland über alles.* Ich bin wieder da. Voll da. Ich. Frank Gutwasser. Fränki-Boy. Der Hammer.
Das tut gut hier. Richtig gut. Einwandfrei. Wie oft

soll ich dir noch sagen, dass es mir gut geht. Verdammt gut. Das sollst du endlich begreifen. Alle sollen es wissen. Ich bin nicht allein. Blödsinn. Und wenn ich will, kann ich hundert Jahre allein sein. Tausend Jahre. Ich brauche niemand. Verstehst du: keinen Menschen. Niemand. Nichts.

Es wird schon wieder dunkel. Nacht. Dunkelheit. Stille. Acht Stunden. Vierhundertachtzig Minuten. Achtundzwanzigtausendachthundert Sekunden.

„Heißest du etwa Rumpelstilzchen?"

„Das hat dir der Teufel gesagt, das hat dir der Teufel gesagt", schrie das Männlein und stieß mit dem rechten Fuß vor Zorn so tief in die Erde, dass es bis an den Leib hineinfuhr, dann packte es in seiner Wut den linken Fuß mit beiden Händen und riss sich selbst mitten entzwei.

Sonja! Hol mich hier raus!

Sonja …

Die Deutsche Bibliothek – CIP-Einheitsaufnahme

Preuß, Gunter:
Aus der eigenen Haut : Erzählungen / Gunter Preuß. -
München : Middelhauve, 2000
(Middelhauve Literatur)
ISBN 3-7876-9701-2

Middelhauve® Literatur

Umschlagmotiv: Bavaria Bildagentur/Oscar Poss

gesetzt aus der Bembo 12/14 Punkt
gedruckt auf 100g 1,5 Vol. Munken Print
Satz: Utesch GmbH, Hamburg
Druck und Bindung: Franz Spiegel Buch, Ulm

ISBN 3-7876-9701-2

Wir danken unseren Partnern und Lieferanten!

Gunter Preuß

wurde 1940 in Leipzig geboren und hat in seinem Leben einiges ausprobiert – Transportarbeiter, Fernmeldemechaniker, Artistenschüler, Leistungssportler –, bis er sich für die Literatur entschied: zuerst in Form eines Studiums am Literaturinstitut J. R. Becher, dann in eigener Lehrtätigkeit – und endlich als freischaffender Schriftsteller. Seit Beginn der 70er Jahre hat er über 70 Romane, Erzählungen, Gedicht- und Aphorismenbände sowie Hörspiele für Kinder, Jugendliche und Erwachsene geschrieben, für die er mehrfach ausgezeichnet wurde. Er lebt heute bei Leipzig und zählt sich noch immer „zu den Narren, die für ihre Krummheit geradestehen".

Im ***Middelhauve Verlag*** ist bereits von ihm der Roman **Die Schule auf dem Baum** erschienen. Im ***tabu verlag***, München, veröffentlichte er zuletzt die Romane

Tödliches Grün
Das Kind aus dem Brunnen
Feen sterben nicht
Wie ein Vogel aus dem Ei

Pressestimmen:

Zu **Die Schule auf dem Baum**, Middelhauve
Gunter Preuß „vertraut dem Leser, dass er das schwer Fassbare zwischen den Zeilen liest.“

Neues Deutschland

Zu **Das Kind aus dem Brunnen**, tabu verlag
„Ein Panorama sozialer und familiärer Spannungen. In kräftiger Sprache erzählt das Buch von der Sehnsucht der Kinder nach einem besseren Leben.“

Die Zeit

Zu **Feen sterben nicht**, tabu verlag
„Fein, sprachlich dicht, subtil ... Zuversichtlich, wegweisend wird das Verlassen der Kindheit ins Erwachsenwerden beschrieben. Sehr empfohlen!“

Bücherbär

Zu **Tödliches Grün,** tabu verlag
„Der Autor erzählt mit Verve und Esprit eine Geschichte, die den Leser packt, anregt und bis zur letzten Seite fesselnd unterhält.“

ekz

Zu **Wie ein Vogel aus dem Ei**, tabu verlag
„... eine vielschichtige Selbstfindungs- und Beziehungsgeschichte ... ein anspruchsvoller Literaturbeitrag und ein sehr guter Gunter Preuß.“

ekz